五朵雪莲花丛书
（第三辑）

五朵雪莲花

女性视角下的自然

何 英◎主编

新疆美术摄影出版社

图书在版编目(CIP)数据

女性视角下的自然 / 何英主编. -- 乌鲁木齐 : 新疆美术摄影出版社, 2014.12
(五朵雪莲花丛书. 第 3 辑)
ISBN 978-7-5469-6170-5

Ⅰ. ①女… Ⅱ. ①何… Ⅲ. ①散文集 - 中国 - 当代 Ⅳ. ①I267

中国版本图书馆 CIP 数据核字(2015)第 008175 号

选题策划：于文胜　　版式设计：李瑞芳
责任编辑：张莉涓　　责任复审：王英强
责任校对：张莉涓　　责任决审：于文胜
封面设计：党　红　　责任印制：刘伟煜

书　名　五朵雪莲花·女性视角下的自然
主　编　何　英
出　版　新疆美术摄影出版社(www.xjdzyx.com)
地　址　乌鲁木齐市经济技术开发区科技园路 5 号(邮编 830026)
发　行　全国新华书店
网　购　当当网、京东商城、亚马逊、淘宝网、天猫、读读网、淘宝网·新疆旅游书店
制　版　新疆读读精品网络出版有限公司数字印务中心
印　刷　北京新华印刷有限公司
开　本　880 mm × 1 230 mm　1/32
印　张　7.875
字　数　104 千字
版　次　2014 年 12 月第 1 版
印　次　2015 年 9 月第 1 次印刷
书　号　ISBN 978-7-5469-6170-5
定　价　24.00 元

网络出版　读读网(www.dudu-book365.com)
网络书店　淘宝网·新疆旅游书店(http://shop67841187.taobao.com)

目录

五朵雪莲花·自然

目录

目录

赵剑尘，新疆作家协会会员，乌鲁木齐晚报社记者，一直以来，对于行走在路上，有着异乎寻常的热爱，并致力于打造有个性风格的散文写作尝试。希望给读者呈现行走途中，所遇到的人、景以及大自然的生灵们，其和谐的生存关系以及真实的生活状态。也希望用优美的文字，呈现当下普通人们的生活，表达一名写作者独有的思想和见解。

2009 年作品《人狐情未了》获得了新疆新闻奖二等奖；2010 年采写的《与雕共舞》获得了新疆新闻奖一等奖。

赵剑尘

南疆 南疆

寂寞吟唱萨巴依 |

若一个人把落寞的神情写在了脸上，哪怕他身处万分热闹的环境，似乎也与欢闹的气氛格格不入。哪怕他的内心竭力想融入其中，却依然游离在外。我发现他，是在喀什地区莎车县巴格阿瓦提乡的麦西来甫上。与众多民间艺人手持乐器纵情高歌不同，他身穿墨绿色的民族服装，手上拎着一个小包裹，静静地站在艺人们的旁边，听到熟悉的歌曲声，他也会张开嘴和唱两声。更多的时候，他沉静而茫然，一个人独成一个世界。

他有着一张黝黑发亮的脸，每一条皱纹都像一把刻刀，将脸雕刻的纵横交错。长长的胡须也不像别的老人那样，沾染了岁月风霜的颜色，而是和他的发色一样，黑中稍稍带了点灰。当莎车县宣传部的翻译库尔班江请他和我们聊聊时，他像是受了惊，迅速低下头，片刻，他选择了跟着我们走。

离开了正在歌舞沸腾的人群，在宽阔而舒缓的叶尔羌河边上，他才慢慢地放松下来。他叫买买提·巴拉提，是巴格阿瓦提乡淖岱村人，今年已有78岁了，也是此乡的民间艺人。既然是民间艺人，既然参加了少有的热闹的麦西来甫，为什么却选择了安静?

库尔班江把我的问题告诉买买提，他飞快地看了我一眼，又很快移走了眼神，然后才回答说："没有啊，我前面敲着乐器唱了歌，你们没有看见。"

据我所知，这些民间艺人们有一个鲜明的特点，在欢庆的聚会上，若没有特殊的原因，他们的乐器不会停，歌声也不会停。像买买提这样，在这样一个场合，沉默着，把忧愁、失望、落寞写在了脸上的艺人，在这之前，我很少遇到。

既然买买提否认了我们的看法，那么他称手的乐器在哪里呢？听我问到，买买提这才小心翼翼地打开他手中的小包裹，拿出他的乐器——一对漆黑的萨巴依。

心莫名的一震。原来，买买提的乐器是萨巴依。那么，他的落寞，他的安静，他的随时随地置身事外，似乎都有了可以解释的理由。

因为，萨巴依是南疆维吾尔族民间流传的打击乐器。买买提手中的萨巴依，长约一尺半多的圆木棒，尖端稍向内弯曲，涂成金黄色，中间部分用铁皮包着，铁皮上焊接了三个大铁环，大铁环上又分别套了近20个小铁环。这个看似简单的乐器，是当年游荡在南疆的阿希克独有的乐器。

阿希克，为游吟者、流浪艺人的意思。在很久很久以前，这是一个特殊群体，他们有着不同于一般人的生活方式，他们四处流浪，以荒野和麻扎为家，萨巴依是他们唯一的，也是最信任的伙伴。他们常常摇着萨巴依，边走边唱，无所顾忌，不在乎别人的眼光。走到哪儿，吃到哪儿，住到哪儿，若是人们觉得他们唱的歌打动了自己，给他们一个馕、一碗水、一碗抓饭或者别的什么，他们会欣然接受。然后，再走向漫长的下一程。

第一次懂得阿希克，是2008年夏天，在莎车县文化广场。也是这样一种热闹的场合，众多民间艺人中，有三名艺人神情肃穆，双眉紧锁，其中一名是年届六旬的女艺人。他们双手各摇着一对我从未见过的乐器，声音也很独特，大铁环敲击在木棒的铁皮上时，发出的是“咔”的声音，而套在大铁环上的小铁环，互相撞击，发出的却是“沙沙”的声音。

我不知不觉间把心里的疑问问出了口，“这三名艺人摇的是什么乐器？”站在我身后的翻译听到回答说：“这个乐器叫萨巴依,以前民间流浪的阿希克,最喜欢用这种乐器。”

三名艺人击奏时,手持木棒底端,前后左右摇晃,时而用上端有节奏的碰击肩部,时而高举一对萨巴依对碰。那时乐器的声音格外响,于沉闷的铁器中,固执的传递着一种清灵,以及对于解脱的渴望。他们脸上的表情始终如一,浸润着悲伤,眼神里流露着冷漠,似乎这热闹的气氛,丝毫没有感染他们。

这时,广场上的人们都自觉的汇集到了这儿,融入麦西来甫中。三名艺人中头戴黑帽,身披黑衣的一位,站了起来,右手摇着萨巴依,跳起舞来。他动作幅度很大,萨巴依时而敲在左肩,时而敲在右肩,时而膝盖着地旋转,黑色的大衣随着他的动作旋出一道道弧线。似乎在那一瞬间,舞蹈释放出他所有压抑着的热情。

等回到艺人们中间时,他再度成为先前的模样。

阿希克和萨巴依,就以这样令人深刻的方式存储在我的脑海。如今,买买提手中的萨巴依,以及他在艺人中遗世独立的姿态,立即唤醒当年的记忆,那些画面似乎犹在眼前。

但,我可以断定,78岁的买买提不是一名阿希克。哪怕他一再闪躲我们的眼神,哪怕他的落寞随处可见,哪怕他站在偏僻的角落,哪怕他手持萨巴依,他仍然与阿希克有一段非常遥远的距离。

只是因为,买买提一个憨厚的笑。

当我问及,买买提为什么会选择萨巴依为自己喜欢的乐器时, 买买提黝黑的脸上闪过一个极为羞涩和憨厚的笑容。他说:“1953年,我上小学的时候,是学校艺术团的成员,因为对萨巴依最为熟悉,所以我选了它。没人教我怎么摇,我好像天生就会摇”。这时候,他脸上没有丝毫阿希克所特有的愤世嫉俗的味道。

买买提说,小时候家门口常常响起这个声音,每当这个时候,他就会跑出去看。通常他都会看见阿希克摇着萨巴依缓步走来,他们穿着破旧,眼神望向遥远的虚空,唱着深情忧伤的歌。而自己的父母,会急急地跑出来,手上也不会空着,有时会是一个玉米棒,有时会是一个馕。

买买提听着阿希克的歌, 会不知不觉地跟着阿希克前行。那时他还小,踏着萨巴依特有的节奏,歌词里的深意他并不懂,可他就是觉得这些歌,听着让人想流眼泪,就是很好听。直到出了村,他自己感觉不能再往前走了,才会停下脚步,看着眼前孤独的背影远去,那好听的歌声随风飘散。

回到家后,买买提缠着妈妈问:“为什么这些人,摇着萨巴依,一直走一直走,唱得嗓子都哑了,他不累吗?”妈妈只好说:“累也没有办法,他们是阿希克,苦修的人,就是要这样。”买买提当时似懂非懂,但这并不阻碍下一个阿希克来到家门前，他的再一次追随。后来，买买提竟然也能跟着阿希克唱了，小声地唱着，在不影响阿希克飞扬的思绪的情况下。

所以上小学时，老师让他和几个同学选乐器的时候，他看到了萨巴依，眼睛一亮，拿起就摇了起来，别摇边唱，清脆的童音唱出的却是沧桑、忧伤的歌。老师听了说：“以后，多唱些欢快的，向上的歌。”后来，那些来自于阿希克的老歌，他虽然不唱了，可那些歌词、旋律却一直在他心里回响。

当时的萨巴依是学校的乐器，初中毕业后，萨巴依也交还给学校，买买提手中空空如也。他很失落，后来他到县轧花厂学做厨师，听大师傅艾合买江说，萨巴依完全可以自己动手做，买买提心里豁然开朗。

买买提因为师傅说到萨巴依的事，心存感激，不但用心学习做饭做菜，连带着将怎么做萨巴依也请教了。艾合买江告诉他说：“真正的萨巴依是用羚羊角或是鹿角做的，现在没有这个条件，你就用柳木或是桑木做吧。”

买买提工余时间在林带里四处转悠，寻找合适的木材，然后再到铁匠那找小块的，能包住木棒的铁皮，再用粗铁丝弯成大环，用稍细点的铁丝弯成小环。一道道工序走下来，当第一把粗糙的萨巴依呈现在眼前，买买提就拿着它，找到艾合买江，边摇边唱。

那一刻，买买提脱口而出的，不是学校老师教的那些歌曲，而是一直深藏在记忆里的，阿希克所唱的悲伤的老歌。艾合买江听完，只说了一句："这些老歌让人听了伤心，有空你就学学刀郎木卡姆吧。"

这似乎给买买提指明了方向，他开始参加村里的各种聚会，一年、两年、三年好像从未曾间断过。无论是木卡姆还是老民歌，只要摇起萨巴依，他就能唱起来。不知为什么，唱着唱着，披头散发的阿希克摇着萨巴依吟唱而来的情景，就会出现在眼前。买买提就会突然陷入一种茫然里，不知所措。他的脸上就会不自觉的浮现阿希克悲伤的、将万事置身事外的表情。这情况，买买提自己并不知晓，也没有感觉到。

后来，买买提结婚、生子，过着日复一日的日子，成为轧花厂里的一名厨师。而萨巴依依然是他生活中重要的一部分。晚上闲来无事，他摇萨巴依给妻子儿女们听，唱木卡姆，他竭力把童年关于阿希克的那部分记忆关闭，从不回想，仿佛那些老歌从不曾有过，从不曾会唱过。

买买提也不曾对任何人说过，他对萨巴依有多热爱。他只是在漫长的光阴里，做了一把又一把萨巴依，后来他的工艺渐渐精湛，精心地涂上漆，再精心地收藏好。如今，他家里有12对萨巴依。

我始终不明白，买买提为什么不再唱阿希克的那些老歌，所以当我提出听听这些老歌的想法时，买买提的脸上，再次浮现出木然的表情，然后什么也没说，突然开始摇着萨巴依唱起来。

买买提低着头，萨巴依举过双肩，他的声音沧桑而低沉，与麦西来甫中高亢的歌声不同，他仿佛只在喃喃自语，在追忆童年的往事。“哎，世界！哎，世界！请侧过耳来听我诉说，为你忧伤，我每日走向无常。在离火中，我多么悲惨凄凉，为你忧伤，我把鲜血吞入肚肠。我是一支羽箭射向四方，我流浪他乡，为的是把你寻找，为你忧伤，我要把心里话向你讲。”

汗，不停地从买买提的脸上流下，这时候，他脸上不再有那些落寞的神情，他已和这些老歌融为一体，在呐喊，在呼唤。我突然间懂得了，买买提为何在热闹的聚会中，落寞而安静。只是因为，他并不是一名阿希克，却因为这些老歌，而一次次沉浸在莫名的忧伤中，不知不觉中，阿希克的表情就成了他的表情。

其实，这只是缘于他童年最初的，对于萨巴依的认识，而这个懵懂的认识，跟随了他整整一生。

手鼓激荡的平凡生活 |

手鼓在新疆，那是几个“离不开”。人们在聚会时离不开，在互相送别时离不开，在唱歌时离不开，在跳舞时更离不开。在这些场合，有手鼓，人们的歌舞才有了生命力。手鼓，又名达卜，得名十敲击手鼓时，发出“达、卜”的声音。这些鼓点，节奏分明，快乐和忧伤，种种可能有的情绪都可以由手鼓声传递，而它似馕的形状，也广为新疆各族人民所知。

无论在北疆或南疆，只要是维吾尔族、乌孜别克族、锡伯族、塔吉克族欢庆的日子，手鼓那欢快的“达、卜”声便不绝于耳。这次，在喀什地区采访，我遇见了一位敲打了一辈子手鼓的老人——买买提明·阿塔尔拉。

75岁的买买提明·阿塔尔拉在欢闹的人群中，让人觉得既普通又熟悉。

普通在于人群中打手鼓的人实在不止他一个。有比他年轻的，被太阳晒红了脸庞的汉子；有比他更年迈的，眼睛里全是看透了世间沧桑的慈祥老人。熟悉在于，行走在南疆的土地上，在某个县的广场上，或在流水轻缓的河边，或在人们随意站立围成的舞台上，扬起手鼓唱起歌的人比比皆是。

所以，第一次见面的，陌生的买买提明只是众多民间艺人中的一个。但，他给人的感觉分明又不同。他半闭着眼睛，仿佛用全身的力气在歌唱，尽情地陶醉在亲手敲打的乐曲营造的世界里。手鼓在他手中上下翻飞，和着热瓦甫、都塔尔等乐器的节奏。

这时，年迈的买买提明手持的仿佛不是一个简单的手鼓，而是通往民间音乐的一把钥匙，打开音乐之门的瞬间，奔放、快乐、悲伤、缅怀，无一不在。或许，在他和着众人的高亢悠长的呐喊里，一辈子在一片土地上的，简单而复杂的一天又一天，全在闭着的眼里缓缓流过。

这是在即将逝去的春天里，一个老人表达对于过去了半个世纪的青春、对于年轻时的向往，对于现实生活中流失的种种往事，一种最本质的怀念。敲起的手鼓，那一声声“达、卜”，低缓处既有对现今状态的知足，高亢处又有对当年激情的追索。

买买提明完全沉浸在了民间音乐翻滚起伏的海洋里。他甚至很少睁开眼睛,脸上的皱纹时而舒展,时而密集,他白白的胡子,随着丰富的面部表情也生动起来。而敲打手鼓的这双手,虽指节粗大,却又分外灵活,这一首又一首的民歌,让他完全忘记了身处何方。

在买买提明的身边和身后,是拿着各种弹拨乐器的民间艺人,当然更多的,还是手持手鼓的人们。他们手中的手鼓没有特定的大小,颜色质地更有些差别,可这有什么关系呢?无论是十八九岁的青年,正值壮年的男子,还是五六十岁的老人,在敲起手鼓时,人人脸上都洋溢着激情。

这些平常农忙时分在农田里劳作,农闲时蹲在墙根聊天、晒太阳的人们,这些撒落在各个乡村毫不起眼的人们,当他们因为欢庆的节日,热闹的婚礼,聚在了一起,无论彼此相识与否,当第一声音乐响起,他们就像排练过很多次的专业乐队一样,鼓点整齐,节奏欢快,配以其他乐器的旋律,再放开嗓子吼出来,就足以震撼很多人。

这时的人们,再也不是刚刚从田地里归来的农夫,也不再是赶着毛驴车悠闲的乡民,他们好像被手鼓施了魔法,双手握着手鼓,突然就焕发出完全不同的光彩。在他们时而高低起伏,时而悠扬高亢的歌声里,岁月不再平常,生命不再平庸,声声鼓点就是他们——平常暗自隐伏,关键时刻爆发能量的灵魂。

买买提明也是这样的人。在连续近一个小时的时间里，鼓点不停，歌声不息。这时的他，与手鼓合为一体，不分彼此，只单纯地为古老的音乐而存在。

民间艺人买买提明，实际上就是一个地地道道的农民。他家住在莎车县衣干其镇二十村。在他的记忆里，农田里的活很重要，可欢乐的聚会也很重要。他小时候，父亲阿塔尔拉只要把农田里的活干完，磨好了苞谷面，让母亲去打苞谷面馕，余下的时间，只要谁家响起鼓点和音乐的旋律，父亲一准就去了谁家。

那时的人们平常少有娱乐，所以晚上老艺人们弹起琴，敲起手鼓，唱起歌，整个村子的人都会来欣赏。

小买买提明就是父亲的尾巴。父亲本身并不会敲手鼓或是唱歌，可是这并不影响他热爱本民族古老的音乐。他是围观人群中坚持最久的那一个，连带的，买买提明哪怕什么也不干，就在别人家的院子里玩耍，也听了个七八成。

就是这样最原始的民间课堂，让很多人成为下一代艺人。长大后的买买提明，虽然没有在正式场合上放声歌唱过，可无意中的一天，仍是在聚会上，看到老人们打着手鼓引亢高歌，他也不假思索的做起了手上的动作，尽管他手中空空，没有手鼓，可这并不影响他突然亢奋的情绪。

一段段的歌词从他脑中喷涌而出，他张嘴即来。从五六岁到十几岁，这么多年耳濡目染的乐曲，早就烂熟于心。他全然的陶醉，洪亮的歌声，引起了一位老人的注意。

他就是后来买买提明的师傅萨迪克·吐尔迪。老人悄悄观察了一会儿买买提明，在休息时，把他叫到了身边说："你没有手鼓，也能敲，你的歌是从心里唱出来的。你来吧，来跟我学，我把我的本事全都教给你。"

买买提明从未想过还能拜上师傅，高兴劲儿就别提了。而父亲阿塔尔拉眼见着儿子的表现，也颇为自豪，什么话也没说，就回了家。

阿塔尔拉回家干什么去？他要找上好的桑木，亲手给儿子做个达卜。父亲翻箱找着家里早就熟好的羊皮、牛皮，寻思着蒙上哪种皮，手鼓发出的声音才好听。当然，手鼓框内侧缀的铁环，他也想好了，自己动手弯了些小小的铁环。

一切准备就绪，就拿馕做样子，差不多大小就可以了。阿塔尔拉用桑木做框，薄小牛皮蒙面，再在木框上一个个钉好铁环。简单、轻快，看起来毫不起眼，拿在手上却非常方便。等粘牛皮的胶一晾干，买买提明就迫不及待地将手鼓拿在手上，敲了起来。

那时，他想到的是，以后在家里他敲起手鼓，是不是也会有很多村民聚拢而来。而他们家，也是一个聚会的场所了。这在村民眼里，是莫大的荣幸和骄傲。想到这，买买提明越发觉得，手鼓敲好了，有莫名的魔力，也越发兴起了跟着师傅好好学习的决心。

那一年，买买提明20岁。

萨迪克·吐尔迪，当时是村子里有名的艺人。买买提明觉得师从于他，算是跟对了人。因为师傅教他特别细心。买买提明说，常常是师傅打一遍乐曲，让他看，再让他自己也打一遍，有问题师傅就直接指出，让他反复练。

至今买买提明还记得，起初他总是左手握手鼓，右手手指在鼓面上敲，或者反之，右手握手鼓，左手敲。总之，两手同时紧握手鼓，让八根手指分别敲击鼓面，就有点困难。买买提明反复练习，却总是不得要领。

萨迪克看着买买提明蒙头练，却一直没有效果。这才对他说，“你看，我们双手拿着手鼓，像捧着什么？是不是我们的心？如果我们把手鼓当心一样去喜欢、热爱，指头就听使唤了，曲子自然而然就出来了嘛。”

买买提明听了，起初还是不明白师傅话中的深意。可他有的是耐力，只要有时间坐下，就会拿起手鼓，心里想着师傅的话，心思放在了手上。当他脑海里想的完全是乐曲，是鼓点的节奏时，他突然发现，双手的手指，正飞快地在鼓面上敲击。

后来，甚至不用师傅再做指导，买买提明就自己摸索出了，哪根手指在鼓面的哪个部位敲击，发出的是哪种声音，它适合哪种节奏。在何时摇动鼓身，就会让手鼓内侧的铁环，发出美妙的“沙沙”声。

手鼓敲好了，再配上买买提明深情的歌声，买买提明在村里村外也算有了名声。这时，亲戚朋友们有了心事。一方面，为家族中出了这么个人而高兴，另一方面又为他担心。

他们对买买提明说：“你唱到现在，就很不错了，再不要唱下去了，手鼓敲时间长了，指头关节要变形，唱歌时间长了，死掉了怎么办？”

亲戚朋友之所以这么说，是因为传统的刀郎木卡姆音调的确非常高，若歌唱者不会及时换气，或一味只管拔高音，会对肺部有点影响。没想到买买提明这样回答他们，“死掉了我也心甘情愿，我死了，你们就把手鼓放在我的胸膛上。”

就这样，买买提明跟着萨迪克学了大大小小50多首民歌，还有当年的红歌，只要手鼓敲起来，歌声便随即而出。

买买提明就这样，敲了一辈子的手鼓，唱了一辈子的民歌。

现在的买买提明，平常的生活就是种地，六亩种麦子、苞谷，两亩种巴达姆，一亩种葡萄，够他和儿女们忙活了。他也教了两名徒弟，一个58岁了，还有一个40多岁了，都教了有5

年多时间，晚上闲了无事，三人便聚在一起，敲手鼓唱歌。

农闲时间，乡镇文化站组织各村的人们学习乐器，就会请买买提明作手鼓老师。对于这项工作，买买提明特别喜欢。他说："师傅没有给我讲过的事，文化站的干部都知道，他们也给我讲了手鼓的事情。"

原来，文化站的干部们只是给买买提明，补充了关于手鼓的历史知识。买买提明才知道，手鼓是波斯阿拉伯文化东传的产物之一，早在1500多年前的南北朝时就已出现，隋唐时期，当时名为"达卜"的手鼓，随西域歌舞传入内地。在唐代时极为盛行。诗人白居易曾有诗云："心应弦，手应鼓，弦鼓一声双袖举，回雪飘飘转篷舞。"可见当时伴舞乐器就有手鼓。1759年后，手鼓列入清代的回部乐。后来，手鼓广泛流传于民间，成为新疆维吾尔族、乌兹别克族、塔吉克族和锡伯族等少数民族的民间乐器。锡伯族的手鼓有个手柄，而塔吉克族手鼓得由女子来敲击。

如今，买买提明觉得最幸福的事，莫过于附近村子里谁家有喜事，办聚会，请他过去助兴。他依旧是敲起手鼓，闭着眼，唱起那些深藏于脑海的歌曲，什么烦恼都会忘记。记得的，只是师傅的那双骨节粗大的手，手鼓敲响的岁月，那些不可再来的日子，那些再也回不去的过去。

在卡龙的世界沉醉 |

卡龙是琴，是有着古老历史，不被平常人所知的琴；是流传于南疆民间，被当地人们喜爱的琴。还是造型独特，拥有多种音色的琴。在我们新疆，现仅在喀什、和田、麦盖提、莎车、哈密等地，能见到卡龙琴的身影。4月中旬，在喀什地区莎车县，巴格阿瓦提乡村民们热闹的麦西来甫上，卡龙琴蓦然出现，吸引了众人的目光。弹奏它的，是一个年轻的民间艺人——木台力普·买买提。

那是一个午后，阳光下的叶尔羌河平静而舒缓，宽阔的河岸上是茂密的胡杨林。还未走近那片林带，麦西来甫热烈的气氛由原生态的歌声传递而来。黑压压围观人群将林带的空地围了起来，形成了一个天然的大舞台。

在空地一边，铺着五颜六色、民族风情浓郁的地毯，我们在上面盘腿坐定，抬眼便看到了对面，民间艺人们各自手持拿手的乐器，敲着、弹着、拨着、击打着，唱着在他们心中回旋了无数次的歌。

这些艺人无论老少，大多数人都戴着喀什地区最流行的、黑白相间的巴旦木花帽。这些花帽随着他们闭着眼摇着头的姿态，自成一种节奏。而艺人们，也沉浸在音乐的海洋里，陶醉在自己似乎是呐喊的歌声里。

其中，弹奏卡龙琴的木台力普·买买提最是显眼。

首先是因为他的年轻。对比他的身边和身后，那些沾染了岁月风霜的脸庞，木台力普有着一张格外干净、青春勃发的脸庞。二是在这支民间乐队里，艺人们自然而然的以木台力普为中心，向两边散开。第三点，也是最重要的一点，就是木台力普正在弹奏的这张色泽温润的卡龙琴，绝对与众不同。

人和琴互为一体，互为衬托和照耀，与周围的热瓦甫、手鼓一起，共同创造出奇妙的原生态音乐。

再看木台力普身前的卡龙琴，在阳光的照射下，发出介于金黄色和棕色二者之间的光辉。卡龙琴呈不规则梯形，琴身高约12至13厘米，左边似波浪起伏状，此边琴板上置拴弦钉，一根根琴弦就是从这里出发，抵达右边的调弦钮。右边呈直角,琴板对应左边,等距离装置调弦钮。面板的上部和下部,琴弦的下方,各开有若干圆洞,组成花形图案,为共鸣箱的音孔。

这只是卡龙琴的面板,下面则是由琴框、底板、长短厚度不同、宽度相同的木板组成的共鸣箱。音箱下有个倒"V"形木制底座,弹奏时,卡龙琴置放于木台力普身前。

卡龙琴为弹拨弦鸣乐器,所以木台力普弹奏时,以弹和拨为主,但他并不用手指去弹和拨,而是用揉弦器来弹拨。在别的乐器的配合下,木台力普右手持木制拨片拨动琴弦,左手持铜质巴旦木花样揉弦器,在琴弦上左右移动或按抑琴弦,产生各种装饰音,以增加音色的多元。

当然,卡龙琴的独特之处,仅凭此叙述并不能完全展现。但仅从其外形和音色上来说,卡龙琴形制古朴、庄重,音色清脆,音域可扩展为三个八度,谓为宽广。又因为其不被大众所熟知,罕有少见,所以木台力普弹奏的卡龙琴,便焕发耀眼的光辉。

在众人的围观注视下,正在弹奏卡龙琴的木台力普,表现出与19岁的年龄极不相符的沉稳。大多数时候,他低头弹奏,和着艺人们的歌声一起,放声歌唱。唱到动情处,他自然而然地闭上眼睛,皱紧眉头,汗水从小麦色的脸庞上,缓缓流下,仿佛歌中要表达的痛苦快乐,他都感同身受。

就这样，从下午时分到暮色降临，四、五个小时的时间，除了中间偶尔休息5到10分钟外，木台力普和他的同伴们，弹奏和歌声不曾间断，尽情挥洒着攒了一冬的沉闷，宣泄着他们热情的天性。

直到麦西来甫的篝火燃尽，乡里各村的人群才慢慢散尽，昏暗的暮色已完全笼罩林带。木台力普这才慢慢站起身，盘坐了一个下午双腿已然麻木，他有些痛苦地咧开了嘴，19岁青年简单的一面立时显露。

木台力普身边的民间艺人们也纷纷整理乐器，准备离开。有几个人，在等待木台力普的双腿慢慢恢复。这时，哪怕暮色浓厚，站在他面前，仍可看见，安静的木台力普双眼黑若星子。

木台力普来自巴格阿瓦提乡佰什艾热克村，他与卡龙琴的缘分可追溯自七、八岁的时候。那时木台力普刚上小学，有一次麦盖提县两名有名的民间艺人——孪生兄弟艾山·牙牙和玉素因·牙牙受亲戚之邀，来村里参加聚会。玉素因拿出卡龙琴，一时震惊四座。

因为人们都知道，卡龙琴太难学了，更别说双手同时弹拨了。那天，木台力普从上午看到下午，从下午听到晚上，他的目光始终追随着玉素因和卡龙琴。小小的他从人们看向玉素因崇拜的目光里，懂得了卡龙琴的非同一般。当时他就暗下决心，长大了要学习弹奏卡龙琴，以后要成为像玉素因一样，受人尊敬的人。

在木台力普长成少年的那段时光，孪生兄弟每年仍有机会来村子里参加各种聚会。那时村子里的人们就像是过年一样，民间艺人们互相讨教乐器、歌曲，无一不是口口相传的形式。那样的场合，木台力普总是如鱼得水，家里人也从不催他回家。他迫不及待地吸收着，这来自身边原始的艺术气息。

转眼，木台力普16岁了。初中毕业的他向父亲提出的唯一的要求是：去麦盖提县找玉素因，拜他为师，跟他学习弹奏卡龙琴。

木台力普的理由是，等他学会了卡龙琴，只要村里有聚会，邻居亲戚们想听，不用从麦盖提县去请人了，他就是现成的艺人。再说，莎车县会弹卡龙琴的人，屈指可数。

父亲买买提觉得，儿子突然提出这样的要求似乎并不出人意料。平常儿子和家人，谈论最多的就是卡龙琴有多少根弦，弹出来的音多么好听。买买提很想满足儿子的愿望，可玉素因家在麦盖提县，有什么好办法，能让儿子跟着他学琴呢？

买买提找到了同村玉素因家的亲戚，向他说明了此事。那人一听木台力普想学卡龙琴，一口答应带他去玉素因家走一趟，听听玉素因的想法。

如果说木台力普在去玉素因家的路上，还有些惴惴不安的话，等见到了玉素因，他就喜出望外了。其实玉素因早就想找一个徒弟，他也想将弹奏卡龙琴的技艺传给下一代，无奈学习卡龙琴不是一朝一夕的事，有一定的难度，所以很多人对此都望而生畏。

如今，一个现成的好徒弟送上门来，玉素因哪有不收的道理？更何况，木台力普这个孩子，他早就熟悉。因为他每次见到自己，都围着自己转，询问关于卡龙琴的种种事情。所以，玉素因对这个徒弟，非常喜欢。一句话，便解决了买买提头疼的问题："就让木台力普来我们家吃住，他就像我的儿子一样，这样学琴才方便。"

就这样，木台力普开始了学习卡龙琴的生活。这种朝夕相处的方式极大地方便了他的学习。白天，他跟着玉素因一起干农活，玉素因就跟他讲卡龙琴的来历，或者关于卡龙琴的故事。

木台力普因此知道了，卡龙琴是由中亚著名乐理家法拉比制造的，后来（史料载9世纪末），卡龙琴传入了喀什、叶尔羌（今莎车）。也知道了，在麦盖提县央塔克乡，有专门制作卡龙琴的琴师。

晚饭后，玉素因教木台力普学习弹奏卡龙琴。方法极为简单，先要求木台力普学会唱玉素因所会的民歌，再听、看他是怎么弹奏和演唱的。然后由木台力普自己弹奏，要求左手的铜质揉弦器和拨片同时来，有问题玉素因随时纠正。

这种口口相传、以听为主的教授方法，没有任何理论可言，真正基于一个民族对于音乐单纯的热爱。木台力普先主攻右手的拨片，因为右手拨的是主音，主音弹对了，左手的辅音就容易解决了。

每弹对一段音乐，玉素因点头了，木台力普才能进行下一段。每天很晚，两人才休息，可两人都非常高兴，没有一丝怨言。木台力普也有迷惑不解的时候，左手要怎么在弦上滑动和按抑，才能配合主音的音调。玉素因也不会讲解乐理知识，自己弹一遍，让木台力普听和看，弹奏时再自己感悟。

这样，不知过了多少个时日，木台力普的双手手指，因为同时持拨片和揉弦器，磨出了泡，出了血，最后结成了厚厚的茧。而他也学全了玉素因会的刀郎木卡姆，两年的时间一晃而过。

第三年，木台力普就跟着师傅四处参加聚会，让自己的技艺更加纯熟。最让木台力普难忘的是，有次他和师傅到巴楚县参加一个麦西来甫。当时现场有几名外国记者，他们惊叹的目光和频频举起的照相机，让在场的民间艺人无比自豪和骄傲，艺人们弹啊唱啊，一夜没停，直到天亮。

木台力普说，他第一次切身体会到，成为民间艺人的认同感,激动无以言表。那种时刻,观众越多他就发挥的越好,卡龙琴音在他手中,真的如行云流水般流畅,木台力普通过那次演出,真正出师了。

如今,莎车县乡民们举办的麦西来甫中,处处都有木台力普和他的卡龙琴的身影。而且,他还是除了莎车县文工团以外,第二个会弹奏卡龙琴的人。也就是说,至今为止,莎车县的民间艺人里,会弹奏卡龙琴的,只有两个人。

因为这个,木台力普很受当地人关注,并因此收获了爱情。在一次麦西来甫中,他弹奏着卡龙琴,唱着忧伤的情歌,忽然发现人群里跳舞的一个漂亮的姑娘,正定睛凝神他。接收到他的目光,姑娘羞涩地转开了头。

木台力普忽然发现,手中的卡龙琴像长了翅膀的鸟儿,弹出的音色悠扬婉转,仿佛在倾诉自己的心声。他用音乐和歌声表达着自己的心声,用眼神诉说着爱慕和欢喜。

这一场一见钟情的结果是,这个叫做阿曼尼莎汗·吐尔洪的漂亮姑娘,最终嫁给了木台力普。婚后,阿曼尼莎汗对他说:“这么多人,只有你会弹卡龙,你弹的好,唱的好,我才嫁给你了。”

拥有了爱情的木台力普又有了新的目标,他并不满足于现有的状态。他觉得自己的学习没有止境。师傅所学也是有限的,他还可以向艺人们学习更多的乐曲,把更多存在于身边民歌学会，并流传下去。

说完这些，年轻的木台力普脸上有了羞涩的表情，他温柔的妻子在一边默默地等待他，一起回家。

拉起艾捷克的时光 |

艾捷克，乍听像是人名，从唇上轻轻掠过，像是某种有节奏的呼唤，深情中带点忧伤。其实，艾捷克是一种弓弦乐器，在南疆喀什地区麦盖提、莎车、巴楚等县的乡村广为流传。在当地，民间艺人们只要拥有一把艾捷克，再加上手鼓达卜、卡龙琴和热瓦甫，一个小型的民间乐队就组成了，敲拉弹唱，聚众而舞。这次在喀什地区某地的麦西来甫上，艾捷克很吸引人的眼球，因为它拥有独特的外形——球形共鸣箱，精致而小巧，与飞扬的手鼓和长长的热瓦甫形成鲜明的对比。

说实话，在人声鼎沸的麦西来甫民间乐队中，看到艾捷克的刹那，就有点移不开眼睛。在这之前，刚刚通过一本杂志详细了解了，当年来源于古代波斯，由古丝绸之路流传而来的艾捷克在新疆的发展和创新。

如今,正在被拉奏的艾捷克近在眼前,绘有民族风情图案的琴柄,长约70到80厘米,下接球形共鸣箱,与琴柄联结,4根钢丝弦,共鸣箱底部嵌接月牙形托垫,盘腿而坐的艺人们,将艾捷克支放在膝盖上拉奏。

此时,张弓拉艾捷克的是一双骨节粗大的手,这双平日在田地里劳作的手,此刻分外灵活,琴弓在这双手中蛟如游龙,游走在主琴弦上,与乐队其他乐器一起奏响当年起源于叶尔羌汗国宫廷,如今广泛流传于民间的古老歌谣。

这双手的主人买买提·艾力,佰什坎特镇库玛村人。59岁的他,与其他民间艺人一起,围坐胡杨树下,拉起艾捷克,和着熟悉的旋律,闭起眼睛只管高歌,用心感受,琴、歌、人合一的难得时刻。周围任何人、任何事都无法打扰他,他甚至没有发现,很多关注的目光,很多个镜头在对准他。

中间偶有休息,别的艺人们聊天、喝水,买买提仍不起身,只是拿起包琴的布,轻轻的擦拭艾捷克的琴柄、琴箱,仿佛握在手中的,不是一把琴,而是轻轻一碰便会碎的心爱之物。此时的买买提专注而安静,是这片热闹场地中的另一个音符,等待着下一波次演奏高潮的来临。

我请翻译库尔班江告诉买买提,有时间的话我们聊聊,可每次他都摇摇头,紧握艾捷克说:“等一会儿,麦西来甫完了再说。"这又和别的接受采访的艺人不同,他们是热情而兴奋的,恨不得把自己所知道的事情都倾诉出来。而买买提的冷静,不像是一名成长于乡村的民间艺人,倒像是胸怀音乐梦想,倾心于一次专业演出的音乐家。

接下来的时间,四个多小时在这片欢闹中悠然流走,买买提一直在原地,拉着艾捷克,沉浸在这种简单的快乐里,不同的曲子不同的旋律,在他手中,艾捷克随着曲调在欢跳,在高歌,在低吟。

直到暮色时分,篝火燃起,趁着买买提站起揉腿的工夫,库尔班江赶紧把他拉至叶尔羌河边,买买提一手提着艾捷克,小心地把琴弓架在琴柄上,这才用手挠挠了头,脸上荡起"不好意思"的笑容说:"耽误你们的时间啦,我这个人,一拿起艾捷克,就把啥都忘掉了。"

或许是叶尔羌河的轻流舒缓,让买买提从刚刚的兴奋高歌中平静下来。他举起左手的艾捷克说:"现在的艾捷克好看吧,声音也比以前大了,以前我师傅拿的是他自己用红柳做的,我很后悔,当年师傅留给我一把,我没有从麦盖提带出来,现在想要也不容易了。"

买买提·艾力初学艾捷克时,只有15岁。当时他家在麦盖提县的克孜拉瓦提乡,麦盖提县各乡村有很多刀郎艺人,各种聚会也很多。聚会既是人们交流感情的纽带,同时也是一个民间音乐大讲堂。

这个讲堂上没有讲师，只有手持各种乐器的民间艺人，和有心学习的听众。这个讲堂里没有专业的乐理知识，只有艺人们轮番欢唱的老歌，和手中不停弹奏的乐器。但就是这种考验人听力和悟性的学习方法，反而成就了很多民间艺人。

这其中，就有买买提·艾力。起初买买提喜欢吹笛子，没有钱买笛子，就用竹管自制，掏几个小洞就成了笛子。在聚会上听了很多曲子，回头拿自己的笛子也吹得像模像样。那时，买买提最喜欢做的事情，就是站在艺人们的身后，静静地听，在别人不注意的时候，从袖筒里抽出笛子，悄悄地跟着吹。

再稍微长大些的时候，买买提有了心事，他引以为傲的笛子再也不肯拿出来了。妈妈觉得奇怪，这个娃娃有了心事，时不时拿出来吹两声的笛子也不见了，就问他："为什么好多天没听到笛子声？"买买提这才回答说："你看聚会上哪有人吹笛子？我现在倒觉得，艾捷克拉出来的音比笛子还好听呢。"

原来民间乐队的主要乐器，里面并没有笛子的身影，这很让买买提自惭形秽。有一天，他忽然注意到，小巧的艾捷克，拉奏他的人很有些不同。这个人个头不高，但是拉起艾捷克来，在乐队里就显得很重要。有时，曲子里低沉的音需要艾捷克，还有时，表达欢快时，也需要艾捷克，好像人的心事，艾捷克都能拉出来。

这个拉奏艾捷克的人就是吐拉克·艾力，他也是当地有名的民间艺人。吐拉克发现，在几次聚会上，有个十几岁的娃娃一直盯着自己看，好像还侧着耳朵在听艾捷克的音。他就动了爱才的心，谁不想把自己的技艺传下去呀，他看出这个娃娃有向学的心思。

吐拉克就把买买提叫过来问："你是不是想学艾捷克？那就给我当徒弟吧。"买买提觉得自己像在做梦，一觉醒来，梦想竟然成了真的。买买提没有艾捷克，吐拉克就用最原始的办法教他，让他在聚会上听，并且看他的双手是怎样配合的。

当时吐拉克所拉的艾捷克，是他自己亲手用红柳做的。那时的艾捷克还是被改良以前的形状，共鸣箱要用红柳树瘤均匀挖空，平均厚度在0.5厘米左右，呈碗状，后面凿三个音孔，上面蒙以驴皮，琴弦为马尾，有很多根共鸣弦。支撑艾捷克的底座也不是现在的月牙形，而是根顶头尖铁钉桩。

就是这样一把很原始的艾捷克，买买提拿在手上，也是万分欢喜。他无事时就去同村的师傅家，吐拉克就让他试着拉上次在聚会上听到的曲子，因为有吹笛子的底子，对于这些曲调，买买提都很熟悉，但就是这样，如何让琴弓在主弦上将这些曲调拉出来，仍然是有难度的。

买买提的学习之路并不顺利，一是没有一把艾捷克让他随时随地拿起来练习，二是左右手的配合，因为没有乐理做指导，只能凭记忆和感觉，反复在琴弦上找音。吐拉克看他这样，也不着急，还说："学的快了也不是好事，时间长了才能说精学细。"

话是这么说，吐拉克在农闲的初冬时节，专门去沙漠里找合适的红柳，给买买提做了一把艾捷克。虽然吐拉克觉得这把艾捷克并不尽如人意，因为做共鸣箱的红柳树瘤特别不好找，这把艾捷克的共鸣箱碗形不够大，这就决定了音色有所缺失，拉奏出的声音不够响亮。

可这有什么关系呢？买买提拿着真正属于自己的一把艾捷克，师傅说的那些小毛病都不是问题，只要艾捷克能拉出曲子，在他听来，那就是世界上最好听的声音。

买买提拿着自己的艾捷克追随师傅参加每一场聚会，或许是那样一个氛围，人都会多一些灵性和悟性，买买提觉得左右手的配合不再是难事，左手按弦，右手拉弦，美妙的声音自己就流淌出来。

两年后，买买提终于出师了。

买买提终于像师傅吐拉克一样，成了一名民间艺人，也可以在聚会上，盘腿而坐，拉着艾捷克唱着歌。后来，买买提来到了莎车县，遇上了妻子茹拉汗，就留在了当地，成了一名莎车人。当然,师傅做的那把艾捷克,他一直带在身边。

过了几年,家乡村里有聚会,买买提特地赶回去参加,就在那一次,他把艾捷克留在了家里,因为妈妈想儿子时,摸摸艾捷克,就会觉得他在身边。再后来,同村人借走了那把艾捷克,从此再没归还。

如今,买买提手中的这把艾捷克,是村委会花了600元买的。村委会的干部打听到,当年,买买提是拉艾捷克的一把好手,就请他去给村里宣传队的年轻人当老师。拿起这把崭新的艾捷克,买买提愣住了。艾捷克怎么变样了?

村委会的干部告诉买买提,艾捷克改良了,原来的碗形,变成了现在的球形,上面加了很多音孔,少了共鸣弦,音域更宽广,音色更洪亮,而且改良都有50年的时间了。买买提觉得自己在农村种地,连艾捷克创新这个大事都不知道,很是羞愧。

幸好这把新的艾捷克拉起来和原来的老艾捷克没啥太大的区别,这又让他找到了当年的感觉,当年师傅吐拉克教给他的9个刀郎木卡姆,现在会拉的有七八个,会拉又会唱的有4个。给宣传队的年轻人们教的同时,他自己也在学习。农闲时放上DVD碟子,听着拉着,和师傅在一起学艾捷克的画面,重新回到了眼前。

当买买提拉起他百般珍爱的艾捷克,唱起当年吐拉克教给他的《阿图什民歌》,“我到阿图什的路上，想起美丽的姑娘,雅热玛,我拉起艾捷克一曲曲,唱的是我的苦衷一堆堆。”此刻,买买提手中的艾捷克如泣如诉,歌声高亢处艾捷克音色饱满,歌声表达痛苦时,艾捷克音色凄美缠绵。

买买提沉醉在艾捷克营造的氛围里,忘记了时间,忘却了站在他身边的我们。当我问他,唱这首师傅教的老歌时,想的是什么?买买提想了半天,才说:“想的是师傅,是那把我丢掉的艾捷克。那把艾捷克,就是我的雅热玛。所以,现在这把艾捷克,在我心里,比啥都重要。”

纵情欢跳的麦西来甫

在3月底的一段时间，我的脚步走过了莎车县的6个乡镇。在一个接一个马不停蹄的路途中，接触最多的是每个乡镇的普通村民。这里面有年近九旬安详的老人，有被母亲抱在怀中不知世事的幼儿，各个年龄阶段的人们脸上都洋溢着笑容，为了庆祝春天的节日——诺鲁孜节，聚在一起进行一次淋漓尽致的歌舞狂欢。

这些欢歌热舞的场地，可以不加选择，麦田边、马路边的空地上，学校的操场上，叶尔羌河畔，发着新芽的花林边，甚至是沙涛翻滚的沙漠上，为这传统节日的召唤，维吾尔族村民们在这一天停下手中的活计，携家带口从四面八方涌来汇集成人头攒动的人海。在这里，每个乡都有维吾尔族普通村民组成的演奏十二木卡姆的团队，只是团队因为人数的多少而大小不同罢了。可无论人数多少，只要这些村民们敲着手鼓，弹起都塔尔，很快便进入了十二木卡姆这深情而宏大的叙事里，他们有的遥望着人群之后没有边际的远方，有的看着眼前的一个小小的孩童，更多的是高扬起手鼓紧闭着眼睛，只管唱出汹涌在胸中那份激情。虽然歌词我听不懂，可这些尽情呐喊之后燃烧的热情，深沉的忧伤，简单的快乐却让我沉醉其中。而随着这些动人歌声起舞的，则是每个乡的想要跳舞的男女老少，这时不需要得到谁的首肯，就可以融入这个放松的人群中来。没有人计较舞姿是否优美，只要踏着歌声的节奏纵情挥舞手臂、旋转身体，释放出沉积了一个冬天的压抑就可以了。

看看场中欢跳的维吾尔族村民们就可以了解，人们有的身着传统的色彩鲜艳的民族服装，有的则是平常生活中的装束，所跳的舞蹈也没有太多的附加因素，摆脱了平日里的束缚，只是简单的没有任何目的的纵情。逐渐的，几十人的舞蹈融汇成几百人的蓬勃释放，仿佛生活中所经历的一切，无论烦恼无论忧愁都可以由沉重化为轻松，都可以在转身之际全部抛向九霄云外，而欢乐则可以无限期的延长。

作为一个曾在剧院里看过盛大十二木卡姆演出的旁观者来说，这才是春日里一场又一场民间歌舞的尽兴狂欢，这才是不可多得的没有任何附丽的乡村歌舞的欢乐盛宴；这才是来自于乡间的十二木卡姆的魅力；这才是真正的麦西来甫的热情。因为这人海麦西来甫的震撼，采访归来后，我重新翻看了相关资料，再一次解读和认识了麦西来甫。麦西来甫，缘自阿拉伯语，原意为聚会、场所，现在维吾尔族专门用其来称谓群众性娱乐聚会。对于木卡姆来说，麦西来甫就是其在民间最主要的表现场合和形式。而在每个普通村民的眼中，这二者就是生活中不可或缺的精神食粮。

在这些欢庆的麦西来甫里，卡尔苏乡在沙漠腹地的麦西来甫场面，应该说是最为独特，体现麦西来甫灵活多变的特点。虽然说不时有风扬起沙尘，扑向人们的身上和脸上，可欢跳的人群丝毫没有受到影响，甚至有的人脱了鞋子，赤脚在沙地上起舞。孩子们应该是最快乐的，颜色各异的艾德莱斯裙在风中飘扬，每个人随着鼓声的指引时而全体转向，时而绕圈起舞。忽然，乐声和舞蹈全部停了，舞蹈着的数百人瞬间散去，人们都像在等待着什么。原来马上要进行的是在麦西来甫间隙所玩的一种腰带游戏，这又叫做麦西来甫游戏。

这时，只见一名身穿绿色长袍的中年男子端着一个盘子走到了沙地中央，盘中放着一根黑色的腰带（维吾尔族男性系在腰间的布带）和一小碗茶，中年男子面对人们一手抚胸微笑着说："我们这个麦西来甫的父母兄弟姐妹们，为了欢迎你们，本次麦西来甫的主办人为大家备了一碗感谢茶，请大家共饮。"说完再次向人们表示敬意，围观的人们同声回答“谢谢”。而后中年男子走到自己选择的一名身穿粉色艾德莱斯裙的女子面前，将腰带递给她，然后唱着民歌，宣布腰带游戏开始了。只见那名女子突然扬起腰带抽打这名中年男子，使他一个劲地转着圈儿躲避，如果他不转圈儿，那女子手上更不留情，腰带便不长眼睛了，哪里都可能袭击到。只见中年男子惊惶失措，竭力扭动着身体，逗得观看的男女老少们哈哈大笑。这时，女子边打还边问中年男子：“愿意这样被打吗？”对方则要痛快的回答：“愿意！”其间，女子命令中年男子向左转向右转，中年男子要灵活的向反方向转，否则一有失误，腰带就会招呼到全身各处，转对了则向女子敬礼，伸出手说：“谢谢。”这名女子对中年男子的态度非常满意，便把这腰带交到中年男了手中退场了。按平常的游戏规则，中年男子可寻找下一个被打者继续游戏，可能是他从被打中寻找到了超级乐趣，那就是人们的笑声让他非常振奋，竟然将腰带递到了另一名穿棕色长裙的女子手中，继续充当被打者。一时之间，人们高声叫好，一片哗然，笑声当然也就不断了，有人甚至因为这少见的滑稽场面而笑出了眼泪。

当时我并不懂得腰带游戏的含义，后来专门请教了当地的维吾尔族老人才明白其意和游戏的所有环节。这游戏源自于人们日常生活，因为当地风沙大，所以人们外出归来时常常满身尘土，所以常用腰中的布带互相抽打对方的后背清除尘土，腰带游戏即从这种亲昵抽打中演变而来。当地的维吾尔族村民常常用这种游戏来表达友谊，而未婚小伙子姑娘们则通过游戏来传递爱慕之情。所以这也是当地村民最喜欢的麦西来甫游戏。

在人们的笑声中，鼓点响起来，麦西来甫再次跳了起来，在这样的氛围下，这种狂欢似乎没有停歇的时候，而村民们积极、乐观、幽默的天性也表露无遗。或许，在以后的日子里，我们每个人都有机会听到这发自内心的歌声，看到这没有任何拘束的舞蹈。到那时，我们都会被这种纯粹的热情所感染，才会对我们身在其中的生活产生一种满足。这种满足或许微小，却足以强大我们的内心，因为这样平静的满足才是平凡生活的幸福来源。

热情飞扬萨阿迪

在南疆乡村游荡的这段时间，我常常会感到疑惑，比如眼前的这个乡村，乡民们聚会欢歌热舞的场所竟然选择在了沙漠里，这和别的地方很不同，既不在学校广阔的操场，也不在农田里花林边。后来才明白，这是因为这个乡村紧邻塔克拉玛干沙漠边缘，乡里聚会通常会放在高低起伏的沙丘上举行，一望无垠似波浪翻滚的沙漠，就是一个天然的巨大舞台。

且不说那边独具特色欢歌热舞的麦西来甫，仅说那高竖在沙漠腹地的转轮木杆，以及飞旋飘荡在半空中惊叫连连，彩衣翩飞的维吾尔族姑娘，时不时还传来小伙子们卖力推杆的大喊声，让人忍不住心潮起伏，也想上去一试，体验蓝天下、高空中、黄沙上轻盈飞翔的感觉。

村民们这是在玩什么？是不是荡秋千？这是当地维吾尔族村民们最喜欢并且最富挑战性的一项运动，源于荡秋千的游戏，却又在原有秋千上有所改进，被当地村民称为“萨阿迪”（汉语意为转轮秋千）游戏。据说这个游戏在唐朝时就开始流传，时处西域的人们在孩提时代就与萨阿迪相伴，后来逐渐发展为在大型的聚会活动比如春天的诺鲁孜节，传统的拜火节或是秋天的丰收节上，人们都会玩萨阿迪以助兴，还会跳萨阿迪麦西来甫。我恍然大悟，原来相隔十几米处的村民们欢跳的就是萨阿迪麦西来甫啊。

走近仰头细看这个传说久远的转轮秋千，果然有其独特之处。我们记忆中的秋千都是选一处建筑某个固定的部位，拴两根结实而较长的绳子，中间镶以木板，人坐上去便可以来回晃悠了。眼前这个秋千完全颠覆了我们对于秋千的简单认知，首先它的高度需要人高仰着头，整个转轮秋千由高约十五六米的主轴、木轮、轮杆以及绳索连结而成。主轴长长的木杆深埋在沙漠里，垂直立于地面，木杆顶端安装一个车轮，轮上按等分间隔安4个环，每环垂一绳，四条结实的11米长的钢索也由此引出，便是秋千了。在主杆下方1.5米高处再套出一个长6米的横杆，年轻力壮的汉子们向同一方向助推此横杆，带动了顶端转轮让秋千飞荡起来。助推越快，则木轮转的越快,而秋千也会荡得越高了。

一直站在我身边的阿恰比西村的阿不都吉力力·买买提听我问,又听我说,咧嘴笑了,然后对着我说了一通。库尔班江翻译后告诉了我:“这有什么稀奇嘛，我们从小就玩呢,找上五六个孩子，和家里人不打招呼就跑到村头的秋千那去了,一玩就是两三个小时。那时候自己比赛呢,四人一组,看谁在秋千上坚持的时间长谁就最厉害，是胆子最大的人了,他就成了我们孩子的头。”

我不禁好奇,那么高的杆子,秋千飞起来很高,不害怕吗?阿不都吉力力回答我,以前村子里的转轮秋千没这么高,杨树杆大约有6米,很适合孩子们玩,孩子们都不用学,爬上来就玩。以前秋千的绳索是村里老人自己搓的麻绳,结实耐用,不像现在用的钢索,助推者若用力不均,荡起来的钢索就会互相缠绕在一起,影响游戏的正常进行。

阿不都吉力力还表示,就是现在,只要听到聚会的消息,村民都想着来玩萨阿迪呢。听他这么说,我忍不住问:“你多大了,现在还经常想着玩这种游戏。”阿不都吉力力颇为自豪地说:“我27岁了,全乡各个村要进行比赛,我就是为我们村子争光来的。再说了,得了第一说明我胆子大(勇敢)嘛！”

说完这些话的阿不都吉力力像是为了证实自己的话,说明自己是个勇敢的人,利索地坐上秋千,招呼一旁的村民们一起来比赛。一时间，转轮飞转，秋千飞荡在十几米的高空，阿不都吉力力在秋千上笑嘻嘻的，迎面的风扬起了他的衣角，掀掉了他头上的帽子，引得村民们一片笑声，他随着笑声朝我们挥挥手，仿若还站在平地上。而另一个秋千上年纪稍长者就不同了，皱着眉，好像有点头晕，脸色很不好看，站在下面的村民就喊："脸色发白了！"库尔班江赶紧对我说，就是这句话，转轮秋千叫做"萨阿迪"正来源于此。很显然阿不都吉力力赢了，站在秋千上年轻的他神采飞扬。

一会儿工夫，萨阿迪游戏又吸引了几名漂亮的维吾尔姑娘前来，鲜艳的艾德莱斯绸衣裙随着飘荡的秋千翻飞，映衬在蓝天下，有一种说不出的韵致。而我在姑娘们的惊叫和笑闹声中，想起了清人萧雄所作的诗《娱乐》——"一架秋千索影微，风前摇扬彩霞衣。由来技伟传西域，怪底佳人爱奋飞。"或许身处闹市的我们无论心中多么渴望，无论有无机会，缺乏的正是这样放纵身心，彻底释放的热情，或许也正是这样的游戏使得维吾尔族人们热情奔放，幸福便也触手可得。

78岁的赛马冠军 |

在莎车县乡村，有个最大的特点，你只要看到路边车水马龙，维吾尔族村民们开着手扶电动车、摩托车三三两两行驶在路上，你就知道这又是哪个乡在搞聚会活动了。这种聚会，对于当地的村民来说，可是不容错过的大事。

3月底，我们去巴格瓦提乡看当地村民们的赛马和叼羊比赛，快达目的地时，因为马路两边的人流和车辆，我们乘坐的车行驶缓慢，顺着车窗看去，前方正行进着近三十米长的驴车队，一辆接着一辆络绎不绝，一家老小坐在驴车上，悠然自得沐浴着春日的阳光，别提有多惬意了。好不容易到了比赛场地，只见马路右侧的开阔地上，人声鼎沸，有的村民们站在场地两边大声呐喊，原来赛马比赛刚刚结束，我们来晚了只看到了热闹的尾声。

叼羊比赛可不能错过,只见场地中央有一人高举一只小羊,一声哨响,一名穿绿衣的少年一把将小羊抢到怀中,拍马就跑,其余十几人哪里甘心,一个个撵在少年马前,伺机抢夺。一时间马群呼啸而来,奔腾而去,马上的村民也各显身手,这场比赛可是验证他们骑术和机敏的绝佳时机。

我因为还惦记着见一见刚才的赛马冠军,便走出围观的人群,找到莎车宣传部副部长塔依尔·泰力艾提和我同去。我们四处找寻,才得知刚刚的赛马冠军在场上进行叼羊比赛呢,不过,以前的全县赛马冠军在这。我一听乐了,全县赛马冠军,级别更高,赛马人的骑术更强,采访到他,那可是再好不过了。

可我万万没有想到出现在我面前的全县赛马冠军,是一位头戴维吾尔族花帽,留着长长白胡须的黑瘦老人。我简直不敢相信自己的眼睛,重重地眨了几下眼睛,再定睛细看,没有看错,依然是他。然后我在采访本上记下他的基本情况:萨吾尔·托合提老人,78岁。我轻咳数声,以掩饰自己的惊讶,年纪这么大的老人能去赛马,还得了冠军,真是让人不可思议。

萨吾尔老人起初很茫然,不知道我找他有什么事,得知是赛马的情况,一下子滔滔不绝起来,可惜我一句也听不懂,等翻译到我这儿,只剩下短短的几句。原来萨吾尔老人认为,赛马得冠军,全是他的马好,说着他扯了扯牵在手中的土黄色的马。

这马初看的确其貌不扬,首先它体格算不上高大,毛色也不像别的黑马或棕色马那样鲜亮,显得默默无闻。而且这匹马还很害羞,在我看它时,周围围观的很多村民也议论起了它,所以除了第一眼我看到了它温柔的大眼睛外,其余时间它都低垂着眼睛,再也不肯与我对视。果然是个冠军马,与众不同。我在心里喝一声彩,平日里内敛不张扬,在赛场上才显山露水,施尽全力,这才是冠军应该具备的素质。

看我细细观察他的马,萨吾尔老人很开心,抚摸着马头,马似乎很享受与主人的这种亲密,时不时地轻摇着头。萨吾尔老人从8岁跨上马背,就开始了一生的骑马生涯,曾纵马参加过数不清的比赛,年轻时就获得过很多个冠军,所以他认为自己应该是个识马的好手。在一次逛巴扎时他看到了这匹马,当时这马才两岁,静静地站在那里,不像别的马那样骚动不安,踏着四蹄转来转去。萨吾尔老人感觉马好像一直就在那里等他一样,他对马也像看到了自己的孩子那样亲,而且这是一匹伊犁马,体型小,素质肯定好。所以他骑上试了试,觉得很不错,就花3000元把它买了回来。

那时萨吾尔老人买马回来, 可没有想骑着它去赛马,因为家里一些琐碎的农活需要它。往农田里拉肥料、拉种子、给羊拉草料哪一样活也少不了它，平常一家人逛巴扎也是马车拉着，家里哪个人骑着它去办事，它都很温顺。“不过，它还是和我最亲，因为每天都是我自己去喂它嘛。麦草、苜蓿、包谷，喂啥它吃啥，我喂它时还喜欢和它说话，家里的事想到哪说到哪。”每当有赛马比赛的消息传来，萨吾尔老人像往常一样和马说会话，然后再骑上马去训练它，说是训练，不外乎慢走、快跑，多跑几圈罢了。仅是这样，一比赛，就是冠军。

2008年，莎车县举行赛马比赛，分为赛走马和赛跑马两种。当地的村民把赛走马称为踩马，他们觉得踩马比跑马更难比。因为踩马赛得是马的竞走，比的是马的速度、稳健、美观。这种比赛对骑手要求更高，需要有高超的骑术控制马，既要使马走得快，还要表现稳健，姿态优美。几千米的行程千万不能让马跑起来，一旦跑起来，即视为犯规。那年萨吾尔老人一举获得踩马和赛马两项冠军，一时间名振莎车县。而他的马也为人们关注和羡慕，在那场比赛后，有不少人来打听，这匹马卖不卖，有人甚至出到了一万元的高价，萨吾尔老人摇摇头，牵着马回了家。

我觉得奇怪，老人年纪毕竟这么大了，纵马驰骋也不怕摔着碰着，还能得冠军，这里面究竟有什么诀窍？萨吾尔老人听了我的话咧嘴笑个不住，好像我提了什么好笑的问题，好不容易停住了笑，回答我说：“我从小到大都骑马，马的脾性我差不多都知道，马嘛，你对它好，它就对你好，舍不得尥蹄子把我摔了。它嘛老实得很，你扯着缰绳，它就知道你让它慢慢走呢，你腿一用力，它就知道要快跑了。”听着老人的话，这马又昂起了头，马头上的鬃毛似花般开放。

原来萨吾尔老人以78岁的高龄获得赛马冠军，也没有什么特别的秘密，那是一种人马长期亲密相处的默契，就和人与人之间的相处一样，需要相互间的依赖和信任，马了解了萨吾尔老人的渴望，于是人马合一，朝着共同的目标飞奔。更为重要的是萨吾尔老人热情的天性使然，一生的骑马生涯让他对于赛马发自真心的热爱，那是维吾尔族人们平常生活中不可或缺的浓墨重彩，是欢庆节日的盛宴，在那时，他又怎能不纵马奔驰享受那种难得的快乐呢？

赵勤，20 世纪 70 年代出生于新疆奎屯的一个小镇，现居乌鲁木齐。有作品发表在《红豆》《绿洲》《西部》《南方文学》等杂志。

赵勤

和布克塞尔的云

和布克塞尔的云 |

我到云的距离是7个小时的车程，这完全是一次意外地发现。

这个夏天的7月，从我住着的乌鲁木齐坐上车，向西北方向驶去，就在两眼看尽了戈壁和荒滩，昏睡之后，一觉醒来，已经到和布克塞尔了。看见整个的天空都是那种大朵大朵的云，天空安静的纵横着的云，被云分割的蓝天是纯净的蓝。你就会看见在云影里的草原，那些牛羊和那座小小的县城。

午饭过后，那些层层叠叠的云终于汇聚在了一起，变厚、变重。窗前有雨飘下来，和布克塞尔下雨了。是一些连成线的片段，午睡起来，也就停了。

雨后的草地泛起新绿，踩上去松松软软的，也并不湿鞋。

空气中多了些青草的味道。阳光慢慢从云的缝隙里透出来，不强烈。天空中蓝的颜色越来越多，而白的依然是云，一朵一朵，仿佛从没有纠结，从没有下过雨。

许多事件的发生，其实极具偶然，也许就是我们内心的一个转念，是内心先有一种不平常的感觉，甚至一个突如其来的念头，才会导致辗转纠缠的过程，才会有那个仿佛有点意外的结果。其实，结果一开始就已经暗和在我们的内心深处了。但又有谁会仔细考寻一路的痕迹？世界因为我们内心的变化而变化了，因为那个世界就是我们自己。人的世界是这样，云的世界也不过如此吧！

和布克塞尔的草原之大，更多的还是体现在距离上。和布克塞尔的一朵云到另一朵云有多远，这距离是以时间的方式存在的，而不是以道理算的。夏牧场上的草被羊吃完了，秋牧场的草就一定没过马蹄了，到了秋末该转场时节，冬窝子一定已经备好了一个冬天的草料。

县城很小，开车一不留神就到了草原，可以看见散漫的牛羊，在阔大的绿地上吃草。那些草地如果在城市，是要让人们惊叹的，人们会给它们砌上围墙，会给它们浇水，会定期用割草机把长长的草割去，人们把草地变成自己需要的模样，尽管不是草地自己想要的样子，但城里的人是不太会去关注一棵草到底想怎么度过自己的一生这个问题。

而在和布克塞尔，这些辽阔的草地是野性的，它们完全按照自己的意愿来生长，并且一望无际，这就给人出了一个难题，你不知道要到哪里给他们砌墙。

天上的云在想下雨的时候就会下雨，草长长了，羊自会来吃掉它，不需要人的操心，人操心了也没有用。

县城被草原包围着，县城就有点不像个县城，也有了一些草原的脾气。街道虽然短且小，但不寂寞。那些马头琴，在黄昏会响起，男人们婉转苍凉的长调，不是为了宣泄，只是为了思念。黄昏，那里的人们散步不是为了解闷，而只是为了看晚霞，仅仅为了晚霞！

走在和布克塞尔的边防公路上，天空中那些大朵大朵的云，在风中变换着姿态，那是穷尽我所有的词汇也无法描绘出的绚烂。一朵一朵，相挨着的，拥挤着的，牵扯着的，嬉闹着的，安静着的，像一个人注视着另一个人。

在和布克塞尔我看到了太多的云，超过了以往三十几年所有我看过的云，仿佛把我这一辈子的云都看完了。这里的云，不似南疆上空那些流云，飘逸、轻灵，她们要更厚实一些，是那种绵密、厚实的白。在这里，蓝天的存在仿佛仅仅是陪衬大朵大朵的云，那种干净的蓝更显出云的白。和布克塞尔的云，是有层次的，在那独立的一大朵间，就有柔白、亮白、青白、灰白等许多颜色，很多不同的白混杂在一起，它我感到迷茫，难以分辨。这是一朵云离一朵很远的另一个原因吧，现实和幻想交织在一起。

那些云是那么恣肆、那么旷达。这些在蓝天上的云，让我的心自由和狂野。

为什么和布克塞尔有那么多的云？有人告诉我是因为北面萨吾尔山和南面哈同山造成的和布克塞尔断线盆地草原地势的缘故吧！来自东南准噶尔盆地和古尔班通古特沙漠的高温气流，在和布克塞尔上空遇见冷空气，形成暖湿气流，这应该就是理论上和布克塞尔县域上空多云的原因。但我在这个夏天，在和布克塞尔看到这么多云，其间肯定还有别的更重要的原因。

一朵云到一朵云，应该还有一种距离，在一个人抬头仰望中。每次在我仰望看天的时候，其实是在看云，在盘算我离那朵云究竟有多远。一朵云和一朵云的距离究竟有多远？一朵云究竟要跋涉多久才可以预见另一朵？哪一朵云有雨意？哪一朵注定要离开？或者草原上的萨满可以说的清楚这些天上的事情。

看的久了，会有幻觉，那些云仿佛在说自己的过往和秘密。他们争先恐后的说着牧人走过山坡的寂寞；母羊生下小羊的喜悦；风吹过山头的孤单，仿佛没有尽头，飘荡的生活，以及那些爱和死！

车子翻过一道山梁,又一道山梁,仿佛没有尽头。天边也不过就是这样吧,人生也不过就是如此吧!

这是一个可以忘掉时间的地方,一个连你自己也要忘掉的地方。

单独也不是不可能,只要有一刻相对,即使无语,云也就满足了。天上有那么多的云,却只有我们被风吹到一起,我们必然也可以依赖风聚在一起吧。幸福也不是不可能,只要我们要它,它就来了。那些阳光灿烂的早晨,那些慵懒的午后,那些深夜不肯睡去的细碎时光里,我们是幸福的。

我们是幸福的,这个夜晚,离开那个在和布克塞尔的夜晚已经很久了,我想你也一定没有睡去,你当坐着,读书,或者在写信。写给我,也写给你自己。

为什么一定要在相隔一段距离的时候才开始思念,为什么我永远也无法企及一朵云的距离。

唱完我所有会唱的歌,直到再也唱不成调,我开始沉默。

星空下,树林显得影影绰绰,夜开始深了,星星都已经疲倦了,要回家睡觉了。我的心在那一刻开始下沉,没有什么是可以把握的,没有什么是可以留住的,哪怕是这样最后一个夜晚!

终于要离开了,心里竟有些不舍这么美好的夜晚。摘下一枚还没有成熟的果子,放在你的手心,我对你说,这是我送给你的信物，收好。如果十年后你还记得我，就拿着它来找我。说完自己也感觉孩子气，不由笑了，却见你拿起果子放进嘴里，嚼碎，咽了下肚。

情伤神木园丨

下午3点，我们一行3人从阿克苏市出发，前往神木园。车子快速的行驶在通往温宿的柏油路上，所到之处，两边掠过掉光了叶子的树木，已经是深冬了，可阿克苏没有雪，田野和土地一律裸露着，所以总是给我一种还是深秋的错觉。

车渐行渐远，过了温宿县，拐上了乡间的土路，视野里是一片一片收割过的农田。东道主易先生及其夫人热情地向我介绍着“天山神木园”(原名：库尔米什阿塔木麻扎)是全疆闻名遐迩的旅游胜地。该园位于温宿县西北60千米处，海拔1700米。这里充满神奇怪异的谜团。

第一“奇”：是因为这样一片郁郁葱葱、充满生命力的古树园林竟位于广袤的戈壁滩中。

在戈壁滩上能有茂盛的树林已经是奇迹，而这里的树木都是将近千年的“老寿星”，且各个形态怪异，不能不说是一个奇迹。

第二“奇”：是这里还有一处终年泉涌不息的“圣水泉”。

车子已经在戈壁滩里行驶了好一会儿了，看厌了枯燥乏味的戈壁滩上的黄色，我已经有些困了，不由闭上眼睛养神。

神木园却已经到了，一进园门，就看见园内神奇的古树千姿百态，只是我们来的不是季节，千姿百态的古树上一律是枯黄的树叶，或者是干瘦、遒劲的枝干伸向苍穹。园子里的地上是厚厚的落叶，可我还是听见了泉水淙淙流淌的声音。我一个人循着声音，踏着枯草和厚厚的落叶，顺着一条小径，终于在一个土丘顶部找到了一眼泉水。这就是他们所说的“圣水泉”了吧！我想这大概是“神木园”之所以古树遮天的理由。

这时小导游和其他人也走了过来，小导游说此泉水流遍全园，滋润绿洲。传说此泉水有祛病强身之神效。阿克苏、温宿、库车、拜城乃至喀什的群众不辞往返之艰，常来此饮泉水。人们来到这里，将彩色的布条挂在泉水旁的树上以乞求来年平安顺利、幸福安康。因为我们来的不是季节，叶子都掉光了，夏天这里满眼的绿色，满地的清凉。天山神木园堪称戈壁翡翠，浩瀚沙漠中的明珠。

导游是个小姑娘，口齿很伶俐，声音悦耳。她说神木园有三怪，此泉应该算一个。

这一带多为荒凉的戈壁滩，唯独这里突兀出现一片郁郁葱葱的天然绿洲。无法想象，在戈壁中竟能找到这样一片神奇的绿洲，并且在这一方绿洲中长满了奇形怪状的古树，或俯或仰，或直或曲，虬枝盘曲，姿态万千。当人们无法用科学解释自然现象时，就用传奇故事来诠释自己也不明白的景象。

神木园的树千奇百怪。无根树：树干横亘于地，却找不到树根，树木生长全靠树皮吸收养分，尽管如此，上面的树干也依然枝繁叶茂，据导游说，曾有植物学专家来此考察，但也无结果。旋风树：主干盘旋而生，纹理清晰，仿佛从地下升起的一团烟雾。

导游告诉我们这里的"永绿树"是千年老树却毫无颓态，夏季时绿意勃发、生气挺拔，只是现在是冬季，"永绿树"上没有一片绿叶。还有的树一树成林，只有一个树根，却有众多树干，夏天它们枝叶繁密，形成一方小树林。这里还有许许多多奇奇怪怪的树木，而且导游给每棵树都赋予了一个传奇的故事。

在走过"鸳鸯树"时，小导游娓娓道来将军和少女凄婉动人的爱情故事，在冬天树叶掉光了的古木林里听这样凄美的传说，让人不由黯然神伤。是啊！所有流传的爱情故事结局无一例外都是凄婉的、有遗憾的,仿佛也委其如此才让人念念不忘,口口相传。这倒应了一位哲人说过的那句话:缺憾是一种美。只是我们凡俗的人在听完如此凄婉的爱情故事时,欷歔感叹之际大都希望自己的人生有个圆满的大团圆的结局。

导游是尽职的,她依次介绍了"马头树""鸳鸯树""通天门""九龙搅海""千年杨""鳄鱼出潭"等小景。

转完了景点,导游走了,我又在神木园里逗留了一会儿,易先生及其夫人因为是本地人,已经来过许多次了,他们就在一旁等着我,而我是第一次看见这样神奇怪异的古林园,感慨自然就特别多,说不清为什么我不想走,这里的一切都让我留恋,可是车和人都在等着。

恋恋不舍地出了园子,临要上车走的时候,我看见神木园对面有座土山。在我的要求下,已经发动的车子熄了火。我很兴奋地开始爬眼前的这座山,也许是出于礼貌,易先生也跟了上来,山路上都是碎石,山顶是平的,在开阔的视野内,有一些大大小小高低起伏的维吾尔族古墓,其肃穆之势,不禁令人产生一种畏惧的壮观感。

我围着墓地脚步轻轻地走了一圈,似乎是怕惊扰了地下的亡魂。他们安睡在这里应该已经很久了吧,但我想他们一定不寂寞,有这样的千年老树和神泉伴着做邻居,即使长眠也应该是安然的。

说不上自己是什么心情，我郁郁寡欢地下山了。

还有很多现实中的事情要去一一解决，回去的路上，车子行驶的很快。

易先生和夫人不失热情的介绍阿克苏其他的景点和特色小吃。安排晚上回城后的节目。

天色在这时候一点一点黑下来。

没有人注意到我的心情有些灰暗了，眼泪开始爬满了我的眼眶，没有理由的。

酿 酒 师

说来也奇怪，县里、村里那么多人都会做穆赛莱斯，可都没有阿布都热西提做得好。他做的穆赛莱斯喝多少也不会头疼，不会吐。

阿瓦提县里很多人认识他不是因为他原来是教育局长，而是因为他做的穆赛莱斯好。

每年的夏天，葡萄还没有熟，他家做的穆赛莱斯就已经被预订完了。再说他一年也就做那么一点，不到两千千克，这对于喜欢喝着穆赛莱斯度过冬天的阿瓦提县人怎么能够呢？

阿布都热西提退休了以后，在县城边上买了座大大的院子，专门用于做穆赛莱斯的场地和储藏的地方。院子里种满了葡萄，他大部分时间都侍弄院子里的葡萄和瓜菜。

初夏的一天，我去他家的院子找他说说穆赛莱斯的事情,看见果真是一院子的葡萄。

这么多葡萄,能用完吗?这才有四十米长,要是有四千米的葡萄架,大约就够做穆赛莱斯了。阿布都热西提一边修剪葡萄枝,一边和我闲聊,他是两不耽误。

其实阿布都热西提家的院子比别人家还是要大一些,里面种满了木纳格(葡萄名)、红葡萄,院子里搭满了葡萄架,一串串青色的小籽籽是还没有成熟的葡萄。看这个样子,秋天的时候可以收获很多葡萄,只是自食自然是绰绰有余,可是他要做穆赛莱斯就不够了,何况他做的穆赛莱斯供不应求。

其实说起来阿布都热西提做穆赛莱斯的方法和别人也是一样的,以前村里有人来观看了他做的全过程,据说和别人也没有啥区别,一样是葡萄,一样的烧煮,一样的封存,可是口感和色泽就是相差很远。再不懂喝酒乐趣的人,也是可以喝出阿布都热西提酿的穆赛莱斯那种醇厚、干爽的独特口味,别人家是没有办法达到的,这个真是令人百思不得其解的事。

我问他酿造的秘方,他笑说:“没有啥秘密、秘方,只是在做的过程中要严把质量关。”

怎么严把质量关?他说首先在选料的时候要注意一定选百分之百成熟的葡萄,并且还一定是阿瓦提县当地产的一种红葡萄，或者那种叫“和田红”的葡萄，这样的葡萄酿造的穆赛莱斯颜色呈琥珀色，成分对身体好。村里有人在选料的时候不认真，把没有成熟的、坏的葡萄也选进去了，这样做出来的穆赛莱斯口感会酸、涩，并且成分也不会好。至于那种用萎蔫了的葡萄酿造穆赛莱斯的，口感就更不好了。选料是不能偷懒的事情，虽然没有人监督，但如果不尽心，做出来的穆赛莱斯是一定不好喝的。

还有在烧煮的时候一定要煮到十八到二十个小时，火要适中，火太大，蒸发量大，穆赛莱斯过于黏稠；火太小，蒸发量不够，穆赛莱斯浓度不够。那些口感不好的穆赛莱斯有些就是因为在烧煮的时候没有煮到时间，或者火候掌握得不好。

“那你是怎么恰如其分地掌握火候呢？”

“我用柴火烧，不用煤，更不用天然气。”

“烧柴多麻烦啊，到哪找那么多柴火，为什么不用煤或者天然气呢？”

“那种化学原料烧出来的火和柴火烧的火不一样，柴火烧的火软。”

“柴火烧的火软？难道煤烧的火硬，火还有软有硬之分？”

“那是当然了，柴火烧的火，绵软，但却有柔韧的力道。不像煤和天然气烧出的火，干燥、暴虐，力道也是有的，但是刚硬了些，不适合烧煮穆赛莱斯这样的有后味、有浓度的液体。”他看我一眼，接着说道：“再说了，烧柴好掌握火候，火大了，抽掉一些柴，火小了，给炉膛里多放一点柴。地里那么多棉花秆，还有院子里春天剪下来的葡萄枝，都是柴火。我的穆赛莱斯就是靠烧柴禾烧煮出来的。”

“煤和天然气烧的火和柴火烧的火咋不一样啦？不都是火吗？”

“那能一样吗？煤和天然气烧的火，硬；柴火烧的火，软。你们不是都知道用柴火烧的火，蒸的馒头要好吃，就像我们用梭梭（一种植物）火烤肉就比城里无烟煤烤的好吃是一样的呀！”

见我说不过他，他有点得意地笑了笑。

人世间总有我们弄不明白的事情，煤和天然气烧出来的火到底有没有区别？如果有，那又是怎样的一种区别？可能是一种玄妙的哲学问题，是我无法洞悉的秘密。但阿布都热西提固执地用柴火烧煮穆赛莱斯一定是有他的道理。

我看他侍弄葡萄架，就夸奖他院子收拾的好，这是个方正的院子，廊前有葡萄架搭起的长廊，往前走可以看见院子前面还有一块很大的地，地里除了葡萄还种了苹果树、梨树、杏树，树和树之间的空地地上也被利用起来，种了些西红柿茄子辣子等蔬菜，挨着树根的地方茂盛地长着小白菜和韭菜，埂子上长着一溜大葱和鹰嘴豆。

他抬头看着一院子的郁郁葱葱说:“这个院子曾经是我的家,也是我去年花了25万元又买回来的。”看我不解的表情,他接着说:“1994年时,我和妻子卖掉了家里的七头牛和三只羊,倾其所有买了木料、砖、水泥和沙子,盖了这个房子和院子。我们栽种了葡萄,孩子们喜欢吃杏子和苹果,我们问邻居要了树苗栽上。那些年我们的一个儿子和两个女儿一到果树成熟的季节,放学就跑回来上树摘果子吃。他们三个的童年都是在这里度过的。有一年一个朋友家里出了点事情急需要钱周转,我给他做了担保,用这个房子抵押贷款。后来朋友跑了,他家剩下不是老人就是孩子,还不了贷款。法院来评估了15万元,卖掉了这一院房子。我和妻子带着孩子住到了亲戚家,又东挪西借了些钱,在另一处买了个小院子安置下来。再后来朋友近况好了些,又回到了村里,也给我们还了些钱,但不到15万元,我们还是买不起原来的这个院子。这两年我退休了,烧煮穆赛莱斯赚了些钱,再加上这几年的积蓄,还有朋友给还的那些钱,凑了25万元,好说歹说,才买回来这个院子。整整过去了12年,我又住到了这里。”

说到最后一句的时候,他笑了笑,有点自得的那种表情。

想想也是,一个人经过12年的时间,又回到了自己日思夜想的家,那要经历了多少外人不知道的事呢!

“那你后悔不,给朋友作担保?”

“也没有啥后悔的，当时我也只能那么做。他是我从小一起长大的朋友，他妈妈病了，需要钱医治。我也帮不上什么忙，那时候我能做的也只有担保了。是我自己喜欢这个院子，我一直都想回来住，孩子们都工作了，也不经常回来，平时只有我和老伴在这里，人老了，就愿意待在原来的老地方吧。”

“那他跑了的那两年，法院来卖你房子的时候，你恨他吗？”

“哎，说不清楚吧，花了那么多钱，他妈妈还是不在了，并且自己的小家也不稳固了，一个没有多少文化的男人那样一走了之也是没有办法的一种解脱吧。后来他想通了，就又回来了收拾残局了。现在我们住处离的也不远，间或也有来往。但或是人老了，有些生疏和冷硬了。”

“不过，他喜欢我烧煮的穆赛莱斯，我每年做好了，也会让孩子给他拎去一些。”说完他又补充到。

其实县里、村里喜欢阿布都热西提做的穆赛莱斯的人很多，但他一直也没有扩大生产量，他说自己只是喜欢烧煮，并没有想过要把小作坊发展成大工厂的计划。他的儿子和女儿也没有要继承他手艺的打算，用他自己的话说，人家都是在县上上班，吃公家饭的人，也就是他忙的那些天，回来帮着做做饭，打扫一下。

县上有个穆赛莱斯协会，阿布都热西提是会长，大家现在都叫他阿会长，他听了很高兴，好像这个头衔比他上班时那个县教育局局长大多了。说起来阿会长也是有具体工作要干的，每年秋季他要带领着会员和协会其他领导去一家一家观摩会员制作的工艺和卫生标准是否达标。

县上除了有很多像阿会长这样的家庭作坊在做穆赛莱斯，还有三家企业，也都在生产穆赛莱斯。这三家企业也都是穆赛莱斯协会的会员。县上每年秋天举办穆赛莱斯狂欢节的时候，大家把自己做的穆赛莱斯拿出来，让更多的人品尝，选出口味最好的，给评个奖，阿布都热西提是最权威的评委，但他从来不把自己做的穆赛莱斯送来评奖，他不在意别人怎么品评他的穆赛莱斯，这个也已经无需用获奖来证明了。

县上把这个穆赛莱斯狂欢节当个大事来办，认为是宣传县上的好机会。但其实那些烧煮穆赛莱斯的人家，大多还是延续着很多年前的风俗习惯，每到秋末冬初的时候，农闲了，穆赛莱斯发酵好了，大家轮流坐庄，煮好羊肉，拿出穆赛莱斯畅饮，看谁家的穆赛莱斯烧煮的好。一个冬天，大家都是在晕晕乎乎中度过的。

在阿瓦提县的那些天，我一直都在想这个问题：天下已经有这么多葡萄酒了，这个新疆南部阿瓦提县的人们为何还要这么费力的酿造葡萄酒呢？他们是什么时候开始种植葡萄的，又是在什么时候掌握葡萄酒酿造的秘密的？他们在酿造的过程中耗费了多少热情和光阴……

五月的阿瓦提县就开始期待着九月的那一场秘密酿造。村子周围能看见的地方，都是葡萄树，都是等待酿造的青青葡萄。

每一个装着穆赛莱斯的大缸都相约守密，在五月的阳光下沉默不语。

对诗的女人

“村里有人要和我结婚,可是七十岁的男人我看不上!但我看上的四十几岁男人,看不上我。其实我还是挺想结婚的,只是在刀郎部落里不太好找呢!”祖米汗给我说这个事情的神情,你是完全不会把慈祥、漠然、威严、垂暮之年等诸如此类的词语和她扯上关系。今年已经72岁的她,是在考虑一件很重要的事情,是在给我絮叨她这个夏天的心事呢!

祖米汗家的小院落掩映在一丛柳树枝条后面。刚才走在村里时,要不是孜来汗走过去,拨开密密地垂柳条枝,推开那扇原木色的实木窄门,我们谁都没有想到那里还有一户人家。

院子并不大,是传统的维吾尔族人家院落,宽廊下的凉台连着房屋前面的屋顶。小而旧的板床,旁边是个不大的泥土灶台。灶台上面的墙上留出了一个窄小的平台,依次排开摆放着装油盐酱醋的瓶瓶罐罐,调料瓶边上还有一个装果汁的玻璃瓶,里面插了两只塑料的绿叶红花。灶台再过去又有一个小小的泥土平台,平台上放着铁锅、烧水的铝壶,还有一个洗手用的土黄色的塑料壶,几样简单的灶具,摆放的有条有理。最让人动容的是,铁锅旁边居然还有一盆花,依然是塑料的假花,在黄泥土炉灶旁和锅、壶安然地一起摆放着。塑料制品的艳丽在这里没有显得俗气,倒有些让人感动。

我拿出相机拍下了这个放有两处假花的黄泥土灶台,在镜头里,他们就像摆好的静物写生图。

一个穿着粉红色的长裤、粉红色的裙子,裙边带着蕾丝花边的老人慢慢地走出来。她戴着个深色的围巾,她的眼睛很大,因为皮肤的松弛眼角有些下垂,鼻梁骨挺直,鼻头饱满而小巧,鼻翼两侧长了些老年斑,嘴唇不大,却还有些红颜色。面颊上有很深的皱纹,整个脸看上去像个严重失水后皱皱巴巴的苹果,但居然很美,那种饱经沧桑后的美。

看见我们来,她显得很高兴,孜来汗和她打招呼,告诉她我们想听听她年轻时候的事,关于麦西来甫上对诗的事情。她听明白了,含笑不语。去房间一趟,再出来的时候,身上套了一件黑色的坎肩,抱着带金线的传统维吾尔族坐具,铺在宽廊凉台下一个不大的板床上，招呼我们坐下来。板床有些年头了，坐上去吱嘎吱嘎响了几声，让人不由担心会不会塌掉。但她平静地转身去倒茶，又去房间拿馕，掰给我们吃，忙得不亦乐乎。弄妥了吃的、喝的，她有点茫然地笑着，看看我。孜来汗给她解释说我是上面派来的，专门慕名来听她说那些麦西来甫上的诗句，孜来汗这样说，我有点尴尬，但她好像听明白了。只是她转身又去了屋内，好一会儿没有出来，把我们几个人晾在她家那个小小的板床边，坐也不是，走也不是。正在犹豫间，她却又颤颤巍巍走了出来，原来她在屋子里翻找了一会，拿出用两个纱巾包好的一包东西，递给我。打开一看，是摆放整齐的磁带。她这才说是要找一个好听的舞曲。原来她很高兴家里来了客人，要跳一支舞给我们看。屋面的窗台上放着一个20世纪80年代流行的那种手提式小录音机，孜来汗把磁带放在里面，不一会磁带开始费劲地转起来，一会有声音，一会没声音，还没有等她把声音调到满意的程度，就看见祖米汗已经在廊下跳起舞来，很自在，动作不快，但都踩到了节奏点上，旋转很轻盈。谁能想到她已经72岁了，刚才走路还有点颤颤巍巍呢！

司机吐尔洪看见她一个人在跳舞，不由上去和她对舞。他们跳的是刀郎舞，两人先是对面走斜线，左右交叉换位，再面对面直线交叉换位，舞步是前两步稍快，后一步一跺，即两步一并。同时双手左右推拨，随后快速擦肩对背并转身，紧接着退步并旋转。随着节奏越来越快，旋转也变化为比赛和竞技……

我们拿起“长枪短炮”拍他俩，她没有丝毫扭捏，反而很具有表现欲，跳的更有力了，笑的也更自信。虽然吐尔洪比她小那么多，可是在最后旋转时，她一点也没有示弱，一直配合着吐尔洪旋转到一曲终了。

她对吐尔洪竖起了大拇指。她不知道，吐尔洪虽然是县文工团的司机，但他不只会开车，他还会编舞蹈，今年多浪乡的农民会演的舞蹈就是他导演的，他有时候是导演，有时候是鼓手，当然更多的时候是司机。

我说她，走路看着颤巍巍的，跳起舞来却很轻盈。谁知这句却勾起了她的陈年往事：年轻的时候舞跳得也好，玩得也好，朋友也多，现在七十多岁了，一个朋友也很少见了，闲来无事，想起那些年唱歌跳舞的事情，都想哭……

据说那时候祖米汗貌美如花才思敏捷，在麦西来甫上常常把一大堆大男人辩的理屈词穷，男人对她又爱又怕。就是现在七十多岁了，她的思维也是活跃的，她滔滔不绝地说起了许多诗句，但我们听的是混乱的，因为她一会儿说维语，一会儿说汉语，并且说得又快又急。我用笔显然记不下来，就打开录音笔，放到她跟前。这个动作可能触动了她，她说着说着，突然唱起了“亲爱的毛主席，毛主席，万万岁……”用的居然是汉语，并且吐字清晰，发音准确。

虽然我没能记下她说的全部诗词，但还是抄录了几句：

你的爱人在阿克苏
你的鞋跟掉了也不知道
早上吃饭也不香
你的车轮下鸽子能不能过
我们一星期没有见面了
你想不想我的黑眼睛

看我对她背的情歌感兴趣，她拉了拉我的衣袖，有点调皮地笑着说：“我好好想想，可以说上几千个情歌呢！你把我带到乌鲁木齐去，我天天给你唱歌、对诗、跳舞！”

我看着她，不知道说什么好。

她笑得更厉害了。“我还会烧水，别看我年龄大，我还能给你洗衣服呢！”

见我怔在那里，吐尔洪说：“她跟你开玩笑呢！”

我不知道说什么好，就学她，含笑看着她。在我的注视下，她略有些羞涩，好像是为了掩饰什么，她转身又去房内拿出一碗白砂糖，放在餐布上，端起我的茶水，倒掉已经有点凉了的残茶，重新续上热茶，又挖了满满两大勺白砂糖放在我的茶碗里，看着我，示意我喝茶。孜来汗说出了她没有说出的话，家里没有啥好东西来招呼我吃，她觉得很抱歉，喝点糖水，解解渴。

孜来汗和她拉家常，她说她只有一个女儿，也有三十几岁了。女婿是县城一个大餐馆的老板，他们在县上住，一个月来看她一趟，带来些吃的、用的，帮她洗洗衣服、床单什么的。平常就她一个人在这个房子居住，有时候十天半月也没有一个人来串门，她连个讲话的人都没有。丈夫吐乎尼牙孜去世7年了，去世的那年他75岁。

说起她一个人在这个小院过活，寂不寂寞。她说其实村里也有人想和她结婚，但年龄不合适，高不成低不就的，也就只能这样了。

孜来汗问她想找个啥样的，她倒没有羞怯，说70岁的她看不上人家，40岁的，人家看不上她，也是不好找呢！年轻的时候，找过一个比自己小15岁的男子成了家。那年他50岁，她65岁。结婚前他风趣幽默，也喜欢木卡姆，喜欢玩，他们经常在一起参加活动，慢慢就有了感情。可是结婚后他也还是爱玩，常常是白天出去到处闲逛、玩耍，晚上回来睡觉。既不干农活，也不管家里的事情，日子没有办法过下去，这一段婚姻没有维持多久。

可是这和她前面说的只结过两次婚，女儿已经快四十了，好像有点对不上啊？面对我的疑问，她好像没有听见，并不搭话。她只是有点出神地看着院子里的葡萄架。

我和孜来汗窃窃私语，正说着话，她却一转身，进屋去了，好像是翻找了半天，过了一小会儿回来，慢慢侧坐在板床沿前，两个手去掏黑色坎肩的口袋，掏出一个小小的、带着一片碰伤的苹果，递给我，示意我吃苹果。后来孜来汗告诉我，这是她家里唯一的一个苹果，她女儿和女婿还要过几天才会来看她，给她带吃的。

同来的刀郎部落风景区的负责人王小平和她商量，要她去景区住，每天都可以唱歌跳舞，问她是不是愿意？她使劲点点头，愿意呢！王总让她和女儿女婿商量一下，说好时间再来接她。她显得很兴奋，拉着王总的手，问他："你不会反悔吧？啥时候来接我？"那个迫切的表情，像个小孩。

我们又坐了一会儿，起身告辞，来了好几个人，她却独独拉着我的手，依依不舍的样子。

终于告过别，我们几个人已经走出了院门外，车已经发动好，我拿起相机，正在拍柳树枝下她家的院门。只见她又颤巍巍走出来，径直走到我面前，缓慢地摸着我的脸、头发，絮絮低语："你真像我的孩子！快到中午了，你也没有吃点东西就走！我给你做凉面，你吃了再走吧？"

经过很多事情以后，已到中年的我，还会常常想起那个掩映在柳树下的小院子，那个曾给了我一个有点碰伤苹果的老人。

舞　者

音乐一响起来的时候，古丽·盖娜就不由地抖动起来。她说她不能听到音乐，音乐一响起她浑身都想动，控制不住地想跳舞。

古丽·盖娜耳朵上扎了三个耳洞，上面两个带着闪闪发光的小耳钉，下面一个耳洞带着个大大的耳环，身体一转动，大耳环就晃荡起来，怎么看都有一种风情。

在刀郎部落景区的歌舞团中，她长得不是最好看，但只要一跳起舞来，她就可以在一群人里凸显出来，她那个专注、投入的样子是和别人有点不一样。

很多人到这里来是慕名来看刀郎人的生活习俗的，他们这个小小的歌舞团，一天要跳好几场舞蹈。早上景区第一批客人来的时候开始跳迎宾舞，中午饭时间要在宴会厅给客人表演刀郎舞和刀郎游戏，宴会厅结束后接着到院子里的葡萄架下去给散客表演刀郎舞。并且除午餐和晚餐时间，只要有客人来，她们就要跳迎宾舞，有的时候一天要跳十几场迎宾舞。

天天这么跳舞，有时候几个女孩子和小巴郎就学会了偷懒，她们拖沓着，手和脚一伸一展都有点懒洋洋的味道，只有古丽盖娜真心实意地跳着。你可以从她身体的一起一落，眉眼的转动之间感觉到她的喜悦，那种舞蹈的喜悦。你看她跳舞，可以看出她自己很享受这个过程，不仅仅是表演给别人看，她自己是沉浸其中的。

音乐中，此刻她在旋转，她的脸上有种发自内心的笑意，这个是她和那些女孩子不一样的地方，让你一眼就可以从一群人的舞蹈中看到她。

刀郎部落的人议论古丽·盖娜跳舞的时候，笑的妖娆，神情有些野，有的男人说的更露骨，说她跳舞的神情有点妖，带着挑逗的意味。她自己倒是不在意，我就要这么跳，就要这么笑！

古丽·盖娜是见过大世面的人。从小她就爱跳舞，学习成绩倒是一般。初中一毕业，她就闹着不上学，要学跳舞。爸爸拿她没有办法，只好把十几岁的她送到新疆艺术学院中专部学了三年舞蹈。毕业后因为太爱跳舞了,渴望更大的舞台,她和同学以及老师在深圳、福州等城市的舞厅、歌厅跳过舞。

走在刀郎部落景区里的葡萄长廊下,古丽说起在深圳的海上,有一个很大很大的船,古丽和一群俄罗斯姑娘小伙儿一起跳舞,虽然是学校老师组织的,虽然给的工资不低,虽然那个舞台很大,灯光很亮,可经常吃不到家乡的饭菜。

有时候还会遭到无良客人的骚扰,古丽脾气很直,遇见这样的事情她会很暴躁。那时候她特别想家,想着在新疆南部的刀郎地区,那么多人喜欢跳舞和唱歌,那些老人跳起舞来多么畅快,如果家乡有这样一个舞台就好了,她就可以在家乡跳舞了。

十七八岁的她还是个孩子,可是已经在千里之外讨生活了。想家的时候,就给爸爸打电话,妈妈不在的早,她是爸爸的小棉袄。每一次她都是笑着说自己在深圳很好,很快乐。有人说女儿是爸爸前世的小情人,知女莫如父。去年年底,爸爸在县上看刀郎部落景区在招聘跳舞的人,就让她回来了,现在她已经在景区工作了三个多月了,主要工作就是跳舞,这是她喜欢的。

“这个刀郎部落景区啊,就是把我们刀郎人的文化、民俗集中展现的地方。我们刀郎人最乐天知命,生活在大沙漠的边缘,可是最喜欢唱歌跳舞了。每年十月初的时候,地里庄稼收完了,大家都到广场上去跳舞,那是万人麦西来甫啊,那个场面宏大的哦,你想象的出来吗?那些刀郎老艺人吼起来木卡姆,是要让人落泪的。"她告诉我说。

在内地生活,天天都要说汉语,虽然她还是不会写,但讲话,一般的交流不成问题。她讲的有点快,又说的急,脸上泛起一些红晕,有点小可爱,和她刚才在舞台上跳舞的风情比起来又是另一种样子。

3月份古丽考了新疆维吾尔自治区教育学院的舞蹈系,现在通知书已经来了,要学五年,毕业了是本科学历。古丽却说她很犹豫,要不要去上这个学。

"你喜欢跳舞就应该去学啊,可以深造不是很好吗?"我说。

"我只是喜欢跳舞,我不是想当舞蹈家什么的,我只想每天都可以跳舞,去上学的话,起码有三年半是在学习理论知识。我喜欢我们本民族的刀郎舞,我喜欢我现在的这个工作。每天有那么多人来景区参观考察,他们在了解、体验我们刀郎文化。我能在这里工作真的很开心。"

她接着说:"我们这个舞蹈团,一共11个人,6个男孩,5个女孩。在女孩里,现在我是最胖的,我都已经56千克了。在内地的时候只有47千克,在刀郎部落景区跳舞,心情放松,又经常吃羊肉,体重一天一个数。现在我晚上都不吃饭了,我要减肥,我要跳舞!”

对于未来的日子,古丽没有太多想法,她现在最烦恼的事情就是怎么样才可以减掉身上的赘肉。和我讲话的空挡,她一直在用手捶肚子和腰腹部。我问她胖了以后,男朋友有没有嫌弃她。一直大大咧咧的她,羞涩的红了脸说,我还没有男朋友呢!不过,就是我有男朋友了,他也不能嫌我胖!我减肥是因为裙子都穿不上了,跳舞不轻盈不好看了,可不是为了取悦他的。女人要是为了男人减肥,那得有多愚蠢啊,你说是不是?

没有想到这个维吾尔族小姑娘还有这个见识,我有了好奇心,问她喜欢什么样的男人?

“哈,我喜欢你们汉族男人呢?”

“为什么?”

“汉族男人不重男轻女,不打老婆,要是找了汉族男人,我结婚后肯定还可以跳舞的。”

原来她打这个主意呢。“如果你很爱一个人,他也很爱你。可是他不喜欢你在舞台上表演,让你结婚后就不要跳舞了,你怎么办?”

她说:“那我就求求他,让我可以跳舞。她说完,轻轻咽了咽唾沫。”

“如果他还是不愿意呢,他就是不喜欢你到舞台上抛头露面呢？”我也不知道自己怎么会这么固执的让她选择。

“那，那我想一想。”她略迟疑了一下。

“我怎么会爱上那么一个人，这样不喜欢我跳舞的男人也不会爱上我的。我生来就是要跳舞的，不能跳舞，那样活着还有啥意思？”她说。

她的这个回答，倒是让我有点意外。我看了看她，脸上有点黑，眼睛没有一般维吾尔族少女的娴静和温顺，倒是真有点野性。这一刻，我真的有点喜欢她了。这样一个见过“大世面”的维吾尔族少女终究是年轻气盛的，如果让她再经历一些俗世的磨砺，她还有坚持梦想的勇气吗？

但愿她有。毋宁说，我希望她有。

巴扎上卖烧烤的阿依古丽

阿依古丽把洗干净的钳子又擦了擦，归成一笼，放在一个绞开的酒盒子里。她整理了一下那些洗干净的蘑菇、香菜，把那些装佐料的瓶瓶罐罐和装蔬菜的箱子、塑料袋在车上摆整齐，又给毛驴拿了一把青草，这才朝隔壁院子喊了一嗓子：古汗江！那边古汉江答应了一声，她也在收拾要去巴扎上用的东西。

不一会儿，她俩还有古汗江的小女儿热娜和阿依古丽的弟弟买买提坐着一辆毛驴车出发了。买买提赶毛驴车，坐在前面，古汗江搂着女儿和阿依古丽坐在他后面，在她们的后面就摆着那些要去巴扎上卖的东西，一辆小小的毛驴车，装的满满当当的。小毛驴不紧不慢地晃悠着，出了村子的路口，向巴扎的方向晃过去了。

路上三三两两的毛驴车、三轮车，不用猜，都是去赶巴扎的。最有趣的是车上的人，有长须飘飘精神矍铄的老者在前面赶车，后面坐着女人和孩童；有带着高高的毡帽的中年汉子，拉了庄稼在车上，慢慢走着；还有手拿鞭子，耷拉着脑袋打瞌睡的男子，看不清面目和年龄，就见他随着毛驴车的节奏悠悠然然摇晃着、向前移动着。

忙活了一早上准备东西，阿依古丽终于可以利用在路上的时间想想自己的事情了。赶巴扎卖烧烤，阿依古丽和弟弟也已经做了三年生意了，虽然利润不是很大，可是这几年下来也攒了些钱。盘算一下，自己的嫁妆、弟弟娶媳妇的钱应该都够了呢！

今年初古汗江才参加进来的，她是阿依古丽儿时的伙伴，结婚早，男人不争气老赌钱，输了回家还打她，这么过了几年，终于还是离婚回到了娘家。看阿依古丽赶巴扎，自己把家撑起来，她也没什么其他生计，就打了馕，搭了阿依古丽和她弟弟的车，一起去赶巴扎。这都过去大半年了，生意不好不坏，最起码热娜上学的钱有着落了，并且，古汉江也因为赶巴扎变得开朗了些，有时候是热娜帮她看着馕摊，她去巴扎逛逛，这里看看，那里摸摸，有时候跑去和卖香菜的帕里旦聊天，蹲在那里，两个人叽叽咕咕说上半天，让阿依古丽看来，对于古汗江来说，卖馕是次要的，去巴扎上找朋友，聊天是主要的，她也还是想找个合适的人嫁了吧。

要说热娜这个孩子还是挺懂事的，她妈妈去巴扎上闲逛的时候，她就站在馕摊边上，笼着袖子，镇定自若地站着等买家。

巴扎在各个村里的时间是轮流的，周一在这个村，周二在那个村……一周时间每个村都会轮一遍，下一周又从头开始。以前，阿依古丽小的时候，每次爸爸赶着毛驴车，妈妈在后面坐着，她和弟弟两个人或坐或躺在驴车上，车上装些地里产的麦子或是羊什么的，到巴扎上换取其他家里要的东西，那时候毛驴车也是这样晃晃荡荡地去赶巴扎。那时她和弟弟去巴扎，更多的是玩，吃好吃的。现在爸爸不在了，妈妈又有病，去巴扎更多的是为了生计，为了交易。到底是穷人的孩子早当家，弟弟买买提也懂事了，阿依古丽在给客人烤蔬菜的时候，买买提就在旁边搭把手，收拾前一拨客人吃剩下的食物、擦洗钎子等，他也不再像以前一样到处跑着玩了。

毛驴车晃晃荡荡快到上栏杆村时，巴扎上的人还不是很多，他们来的算早。买买提麻利的把车上的东西卸下来，先去那里把毛驴车拴在一溜厅子下面——那里是专门拴来赶巴扎的毛驴车的地方。阿依古丽把卖烧烤要用到的碗柜、架子、长条凳都一一摆好，她小心地把洗干净的蔬菜，整齐地摆放在玻璃的碗柜里，以方便客人挑选，买买提也不说话，看着姐姐做这些细致的活计，他去旁边把炉子支了起来，又去捡了点柴草，点上火，把小煤块放在柴草边上来引火。

古汗江和热娜也在旁边找好一块空地，支好了卖馕的摊子，古汗江坐在那里，心却不在，东看看，西看看，一副魂不守舍的样子，倒是热娜站在摊子边上，很是淡定，脸上是这个年龄的小女孩不该有的成熟和淡漠。这个小女孩逢遭父母婚姻的变故，倒早早懂事了，阿依古丽像她这么大的时候还在闹着母亲给她买好玩、好吃的呢，哪里知道给妈妈帮忙卖东西！

巴扎上人多了起来，拴毛驴的厅子已经有很多毛驴了，它们挤挤挨挨地，相互嘶叫着，好像人们昨天在那里见面，今天又在这里见面，相互之间打招呼，人是感情动物，毛驴又何尝不是呢！

巴扎开始热闹起来，买干果的那片地方，男人、女人们打开褡裢、包袱、箱子等等装干果的器皿，把薄皮核桃，各色杏干、酸枣、红枣、葡萄干、堆放的高高地，一家挨着一家，摆放整齐，红的红，绿的绿，煞是好看。令人难忘的是“巴旦木”，巴旦木专治心脏病，是一种名贵的干果，好的巴旦木皮很薄，像纸一样。维吾尔族人是很喜欢巴旦木的。

旁边是卖生活用品的地方，一家一家摆放着包了亮闪闪铁皮、钉了好看的钉子做成的图案做工精良的箱子，最有意思的是那些箱子一个落着一个，最大的在下面，小一点依次在上面，摆放的高高的，像个金碧辉煌的金字塔。紧挨着的是个卖铁皮制品的摊位，铁皮制的火炉、烟囱、水壶、水盆错落有致地摆放了一地，那其中的大肚细颈的洗手壶简直是一件工艺品，也不知道做这么个水壶要花费多少时间。

在阿依古丽和古汗江所在的饮食市场，有用雪白的面粉由大师傅做成的拉条子，嚼在嘴里滑溜有劲。盖在拉条子上面的是炒菜，用羊肉、西红柿、芹菜、皮芽子放在油锅里，大火猛炒成的。色香味鲜，这叫拌面，也是新疆的特有面食。

除此之外还有用羊肉、胡萝卜、葡萄干、大米做成的抓饭。还有油塔子、炒面、馄饨(维吾尔族叫“曲曲”)、薄皮包子、烤包子、馕……最叫人垂涎欲滴的是烤羊肉串。

那串肉的铁钎子是特别的，半米长，扁形、半厘米宽，拿在手里沉甸甸的，上面穿的羊肉大而足。在炭火上嗞嗞作响，撒上辣子面、精盐、孜然，老远就闻到了香味。吃烤肉时不宜太快，否则那羊油会滴在你的身上。而且那火烫的铁钎子不小心就烫了你的嘴唇，可是很多人还是挡不住烤肉的奇香，禁不住大吃大嚼。

更远一点的地方还有专门卖农具、衣服、牲畜等的片区，巴扎把这一片刚才还是空旷的荒地装点得热闹非凡。这里就像一个盛会，人们带着各种所需，装扮好自己，从各个村落汇集到这里，在这里买卖、交易、闲逛、游玩、交友等等。

阿依古丽擦洗好长条凳，含笑坐着等顾客，她的嫁妆、弟弟的彩礼都在这个烧烤摊子里了，一串茄子、蘑菇、辣椒等素菜五毛钱，一串荤菜，像香肠、鸡蛋、羊肉等一块钱，她卖的都不贵，想吃的人自己就会来了。现在还没有什么客人，但她却并不愁，也许是维吾尔族人的天生乐观的心态。前年爸爸突然得病去世了，妈妈身体一直都不好，她和弟弟还小，家里的九亩地没有人种，是她给妈妈建议承包给了隔壁的吾斯曼，他家种棉花，收成不错，也愿意多种些地。没有了地，租金不是很多，一家人的日子就成了问题，那时候她在县里上高中，就要毕业了，索性就没有考大学。她整天琢磨做点什么可以养活妈妈和弟弟，一开始也没啥好想法，她就带上不爱上学的弟弟去逛巴扎，看看这个摊位，和那个买烤肉的邻居聊聊，就这样过了好些日子，她琢磨着自己能干点啥？铁匠做的铜壶、铁炉子等铁器好卖，利润也相对大点，可她是个女孩子是不能学那个的，弟弟又太小了；卖那些生活用品吧，绣的枕头、被单她不会，去到县城批发再来卖，农村人还是喜欢自己做的针线活，买的人少，利润低。阿依古丽想来想去还是卖烧烤比较合适自己。她会做饭，烧烤虽然不同于日常做饭，可也是弄吃的，大同小异，她一个女孩子，只要把菜洗干净，味道做好，人家也还是爱吃的。利润虽然小，但干着省心，学起来也简单。她把这个想法给妈妈讲了，妈妈没有反对，她从小就是个有主意的女孩子。就这样她请村里的铁匠艾合买提叔叔给她做了个烧烤用的铁炉子，又去县上买了放蔬菜用的透明柜子，弟弟虽然小，可是喜欢摆弄木头，那两条客人坐的长条板凳，就是他的杰作。就这样没有几天，她要卖烧烤用的家什准备齐全了，可是她还不是很会烤。但这也难不住阿依古丽，她去巴扎上取经，她在卖烧烤的凯来姆汗大婶的摊位上买不一样的东西吃，吃完她不走，帮着凯来姆汗大婶干活，穿些菜，擦洗钎子，给客人倒水、递纸什么的，凯来姆汗大婶看她勤快，有眼色，对她也很喜欢。她就告诉了大婶她家的情况和她的打算，凯来姆汗大婶很痛快地教了她烧烤的技巧和注意事项，还告诉她客人喜欢吃什么，有些菜要到哪里去批发。那段时间阿依古丽追着凯来姆汗大婶赶巴扎，在她的烧烤摊位上学习了一个星期，这才自己准备开张。

虽然已经过去了三年了，阿依古丽还清楚地记得第一天赶巴扎卖烧烤的情景。那天的巴扎像往常一样热闹，凯来姆汗大婶让她把摊位支在自己的摊位旁边，一开始来了客人，阿依古丽不好意思招呼，凯来姆汗大婶就大声招呼："来撒，尝尝我们漂亮古丽的烧烤，香香的烤鸡蛋！"有三三两两的人坐在了凳子上了，阿依古丽手忙脚乱地在翻烤着鸡蛋和辣子，凯来姆汗大婶帮她拿盘子，撒佐料。虽然有几次鸡蛋烤糊了，可是凯来姆汗大婶给客人开玩笑说吃了糊的鸡蛋，眼睛亮，客人说了几句打趣的话，也并没有计较。没有人来的时候，凯来姆汗大婶就给她演示烤鸡蛋的要领，火不能太大，要转着翻，有一点点黄了的时候赶紧撒佐料……

那一天，巴扎散了时候，阿依古丽累的腰都要直不起来了，可她是愉快地，她终于可以自己挣钱了。凯来姆汗大婶帮她招呼了一天生意，自己的倒没有往常卖的多，可是显得比她还开心。

坐着弟弟赶的毛驴车回到家，天都黑了，妈妈做好了汤饭在等他俩。快快地吃完，她开始数钱、算账，除去买菜的成本居然挣了48元钱，她和妈妈、弟弟都很开心。

就是从那开始，阿依古丽和弟弟开始赶巴扎了。晚上把菜备好，早上起来洗干净，切段，串好，再分门别类装进塑料袋里。有时候也会多备些菜，到巴扎上再串。一些素菜，家里门前的院子里就有，像豆腐、豆腐皮、香肠什么的就要去批发，一次多买一点，买回来冻在冰箱里。慢慢地她开始有经验，怎么挑新鲜的菜，怎么买个大的鸡蛋，怎么选味道重的调料，如何才能把佐料磨成细粉，没有杂质。尤其在巴扎上阿依古丽也锻炼的干练、泼辣起来，来了客人，她手脚很麻利，再也没有一开始的慌张了。经常是她和凯来姆汗大婶的烧烤摊子离得不远，抬头就可以看见，人不多的时候，阿依古丽经常跑到凯来姆汗大婶的摊位上聊天，也顺手帮忙干点小活。要是客人要的菜没有了，阿依古丽就去自己那里拿来给凯来姆汗大婶，她一直惦记着凯来姆汗大婶当初对她的好，人是不能忘本的。

虽然她和弟弟的烧烤生意也在挣钱，可是最近她还是有心事，她的未婚夫家在县城边上，离她家有二十多千米路呢，订婚已经两年多了，婆家已经催了好几次要她嫁过去了。她要是出嫁了，弟弟和妈妈怎么办呢？她想来想去，还是应该让弟弟也学个手艺啥的，这样他娶了媳妇就可以自己生活了。

可是学什么好呢？这真是个难题，弟弟学习不好，又爱玩，整天在巴扎上晃来晃去，一会儿去看人家打铁、做铜壶，一会儿去看买乐器的弹唱，整天看也看不够，一直要等阿依古丽忙不过来了，大声喊他，他才会快快地回来帮忙，就是在洗菜，他的眼睛也是着急的，恨不得一下洗完，就可以走了。

他这个样子，等她嫁人了，指望他再去卖烧烤养活妈妈，肯定是不行的。她发愁地看着他，他却没心没肺地笑着，毫不担心未来的日子。

这一天和那些天也没有什么区别，她独自把带来的那些菜买完了，古汉江还是到处闲逛，热娜守了一天摊儿，中午饭弟弟买买提和古汗江都没有回来吃，阿依古丽和热娜自己烤了些菜，吃了个馕，就当午饭了。

黄昏时候，巴扎开始松动了，挤挤挨挨的人开始向四面八方散去，仿佛一个巨大的盛宴结束了，赶巴扎的人和逛巴扎的人，坐着马车、毛驴车、三轮摩托车首尾相连，从巴扎向四面八方辐射出去，晚霞给归途铺着灿烂光点，一路上铺出光辉。

古汗江絮絮叨叨地给阿依古丽说今天谁又给她提亲了，还许诺了彩礼等等。可阿依古丽没有心思听，她看着弟弟的背影，长长地叹了口气！买买提像是知道她在想什么一样，给她说："姐，我想学乐器制作，我喜欢乐器！"

"啊，那好啊，可是那要好些年才可以学成，还要有天赋呢，你行吗？"

"我想先学做手鼓和萨帕依这些简单的，等我有一些基础了的时候，就去新和县那个加依村找那个乐器王艾依提·依明学弹拨尔和沙塔尔，我在电视上看见过人家采访艾依提，他做的乐器卖到了台湾和香港，有些还卖给了外国人，我要拜他为师，我喜欢弹唱，我喜欢乐器！"

"人家能收你吗，你啥也不会！"

"巴扎上卖乐器的艾则泽大叔就曾经是他的学生，跟着他学了两年就出徒了。艾则泽大叔说我心灵手巧，他答应给艾依提推荐我呢！这些日子，艾则泽大叔还教会我唱了一些木卡姆片段呢！我唱给你听啊。"

这把热瓦普有心眼，
我给它找了羊皮弦。
知道来的都是客，
灵气发作弹得欢！

我弹热瓦普一曲曲，
弹得是我苦衷一堆堆，
我说你这黑眼睛的姑娘，
别把昨晚的誓言往后推！

“你还会唱情歌了，小毛孩子！”

“姐姐，木卡姆的唱词百分之八十都是情歌呢！”买买提头也没有回，就接着又唱起来了……

晚霞中，毛驴车滴答滴答欢快地跑着，买买提的歌声飘扬起来，阿依古丽微笑地听着，不是那么发愁了……

在绝美的风景中穿行

喜欢离开，喜欢出发，喜欢在绝美的风景中穿行。

你若发现我不在这个城市，我就一定在某个美丽的地方，但，你若在那个美丽的地方也找不到我的身影，那我就一定在通往美丽的路上。

从伊宁到赛里木湖，果子沟是必经之路。

车在天山支脉中穿行，山势陡峭，树木森然。书上说，这一带的山叫塔勒奇，属于北天山。过霍城之后，就到了著名的果子沟。

同车的朋友，才思敏捷、妙语连珠，一路上因为有她，在看美景的同时多了许多乐趣。她告诉我们，晚春时候的果子沟，气候凉爽宜人，两山的风景十分秀丽，积雪融水化作涌泉飞瀑，那景观无比的壮丽奇异。满山的果树，披着浅绿色的衣裳，戴着桃红梨白的花儿，在云雾缭绕之间显得依依婷婷、千姿百态分外妖娆。地上芳草如茵、野花竞相开放，勤劳的蜜蜂儿在花丛中上下翻飞，忙忙碌碌的采集花粉。公路两旁只见云杉碧翠，奇杨怪柳交错飘逸，融入眼中的是满山的新绿。道路两旁的空地里，养蜂人在那里搭着帐篷，他们在帐篷外挂着自制的广告:“出售新鲜野花蜂蜜……”那个季节的果子沟啊，真是让人流连忘返，让人感到美不胜收……

我在她那里体会到一个道理——看景不如听景。几乎所有新疆的旅游书都对果子沟大加赞美，但我们来的不是季节，未见“果子”。

果子沟历来被视为新疆的名胜之地，素有伊犁“第一景”之美称。因山沟内遍布野生苹果、山杏、梨、桃和野葡萄而得名。它纵贯于天山之北，山路盘旋崎岖，一落幽谷，峡谷地势险要，大有一夫当关，万夫莫开之势。它是伊犁的天然门户，根据史书记载;“果子沟自古就是中国通往中亚、欧洲的重要通道，远古成吉思汗西征时，始凿山通道，曾架桥四十八座，清乾隆时改建为四十二座，可见地势之险要。果子沟全长28千米，是新疆古丝绸之路的通道，也是现在乌鲁木齐到伊犁的必经之路。”

传说曾有一位道人为果子沟赋诗:"金山东畔阴山西,千岩万壑横深溪。溪边乱石当道卧,古今不许通轮蹄。前年军兴二太子,修道架桥彻水溪。今年吾道欲西行,车马喧阗复经此。银山铁壁千马重,争头竞角夸清雄。日出下观沧海近,月明上与天河通。"可见果子沟的险奇和秀美。又闻,清代英雄林则徐流放新疆伊犁走入沟中时感叹:"如入万花谷中",可见果子沟在春夏之时的美丽流芳古今……

也是从她那里知道,车行的这条道是312国道,以上海为起点,经江苏而来。中国真是太大,312国道一头承载着长江三角洲涌动的繁忙物流,另一头竟安享着这样美异的天山奇景。

进果子沟后,山景迷人起来。对我这样一个看惯了戈壁上"大漠孤烟直"的人来讲,天山几乎代表着一种浪漫,我真的是贪婪地看着。车厢喧闹,而我已经说不出话来,不是因为激动和诗情,内心深处的情愫似乎是一种无语的一往情深。

大自然对这里极其慷慨。上帝为这里谋篇布局时一定兴致颇浓,状态正好,出手尽是大手笔,大写意,大铺陈。

一路峡谷蜿蜒,山峦起伏。从峡谷上去,野花莹莹,草坡曼转,这是山阳。一俟背阴,一律的云杉浩渺。云杉笔直葱茏,四季常青,如果这山阴面宽阔,云杉林上天入地扯起,仿佛列阵般。深浓的绿色山谷立刻沉静地吸纳住阳光,使山色在这里变了风姿。草坡、云杉林就这样在山脉中肆意绵延转换，间或也有岩石崚嶒，山脚还有时断时流的塔勒齐河，河床上满是巨大而光滑的石头。最好看的美是刚柔相济，甚或是柔以制刚。天山柔缓清丽和峻朗挺拔的迷人转换，是有力的证明。

我走过南疆、东疆、北疆，到了伊犁才知道由于气候地形的特殊，伊犁河谷的山是最美的。喀什、阿勒泰、吐鲁番的山也绿，但其间有些沉郁的气质，或者是一派贫瘠，完全不可用"风情"二字形容。

我想果子沟一带的天山一定是热恋中的艺术大师的情怀之作。必须是大师，才有坚实大气的裁山剪林的艺术技巧；必须是热恋，才这样富于汪洋恣肆的创造力，豪放与柔美的相济，不多一分，不欠一分，实在是只有最好的恋爱才能自然而臻的境界。

那山脉百里绵延，线条、山色、风姿、意境，贯穿于热恋中快乐的歌吟。

而走出果子沟，就可以看见那高山上的一面湖水——赛里木湖了。

鲁焰，毕业于中国人民大学中国语言文学系。现供职于新疆日报社。曾经在《西部》《绿风》《伴侣》《新晨》《知音》《新疆日报》《兵团日报》《乌鲁木齐晚报》《新疆人文地理》等报刊发表过诗歌、散文、报告文学等作品。近期作品《回望中国的荷马史诗》被收录于《新疆文学作品大系·报告文学卷》，《给孩子一双翅膀》被收录于乌鲁木齐市文联主编《亚心文萃》，《艾捷克传奇》被收录于《中国·新疆民族乐器制作图鉴》大型典藏书籍。

《想起葡萄就想起新疆》获第四届天山文艺奖。《刀郎舞情》获全国报纸副刊作品年赛一等奖。

新闻作品获得中国新闻奖二等奖，新疆新闻奖一等奖，以及新疆新闻奖二、三等奖。

鲁焰

世外桃源

世外桃源

进山的时候，路途艰险，为了减轻走路的负担，我想了想，没有带洗漱品。加之山里的条件限制，我有六七天没有洗脸，甚至，没有刷牙。

从山上下来，回了家，好几天不适应。望着满柜子的衣服，忽然感到是一种负累，一时间没有了穿它的心思。还是山里简单，简单到可以将一切穿的意愿降低到极限。

其实山里，也把生活的欲望降低到了极限。因为在那个我们徒步走了一天，跋山涉水才到达的地方，年均收入只有1000元。1000元，养活七老八小的，要在城里，怎么过活。但是在山里，一切都简单了。那些男人和女人，满身尘土。甚至，看不到肥皂，看不到卫生纸。女人们晚上铺床的时候，一掀被子，我惊讶地看到了那飞扬起来的尘土，尽管他们的家，依傍着滚滚叶尔羌河。孩子们当然也一样，像一只只小花猫，可是，这一点儿也不妨碍他们可爱之处，甚至成了他们招人喜爱的一个特色。我抱起一个瓷实的、肉嘟嘟的孩子，心里那一刻漾满了快乐。在这个远离尘嚣的地方，这些男人和女人，男耕女织，平静而知足。反倒让我们这些从尘嚣里来的人，艳羡起来。

回家了，我把照片放给我的孩子看，他惊呼："这个小孩怎么这么脏啊！"那是一个六岁的孩子从照片看出来的，才提醒我意识到这个问题。但是，在山里，这根本就不是问题了。那个我相机中的孩子，我第一眼看见，就喜欢，就忍俊不禁：他站在一堵石头垒成的矮墙后面，露出圆圆的小脸蛋，一双葡萄般的眼睛可爱之极。他的有些卷曲的头发上还有一坨金黄的杏子的浆汁呢，一定是他玩耍的时候，那满树杏子中的一颗熟透的杏子，刚好掉在了他的头上。

当山里的老妈妈以她老迈的身躯追赶上已经走远的我，张开双臂，抱住了我，吻了吻我的额头，嘴里说着我一句也听不懂的话，我却能够感觉到一种温暖慈祥的爱，不加粉饰地给了我。老妈妈的儿媳送我到河边，抢着背我的其实很轻的包。老妈妈的儿子因风湿性关节炎骨头都变形了，还是坚持护送我们一程又一程。素昧平生，爱从何来？没有理由，也不需要任何理由。其实这就是作为人类的一个一直期盼实现的梦想啊:人与人,出自天然的爱和被爱。我在这个地方,找到了!都说这里是世外桃源,不只是指这山水相接的一片绿洲,更应该是指向人文意义。

瞧,一个身穿粉红裙子的女人,一手抱着她的孩子,一手拿着一根树枝,赶起一群毛驴来。于是毛驴就开始围着磨盘转了,四蹄将麦草吱吱咯咯地踩过去,我们看到了最原始的麦子脱粒的方法。女人的袜子上、衣裙上沾了很多麦草,可这一点不妨碍她的美丽。她的眼睛顾盼生情,面颊美若桃花,嘴角始终向上弯着,我们情不自禁举起相机,她就成了我们拍不够的风景。她一直笑着,不说话。这里的年轻女人都这样,无论我冲她试图说什么,她都只是笑着,不说话。使得我们在见惯了那些喜欢咋呼的城市女人之后,而惊艳。

那个胡子拉碴的大队长,穿着一件土黄色的汗衫,卷着裤腿,脚上的布鞋露出了大脚指头,平和地站在那里听我们说话。一种持家操劳的温柔的光芒、一种暖洋洋的生活气息,让这个大眼睛的男人,于阳刚之中显得格外动人,也让我们一路跋涉而疲累的身心感受到一种贴近“烟火”的抚慰。有意思的是,第二天他再次出现时,尽管和我们近在咫尺,甚至一起吃饭,我们居然没认出来:他刮掉了胡子、衣着崭新、一双新球鞋。他一定是由于我们的到来刻意修饰了一番。他却永远想不到他的这副模样在我们眼里忽然不真实起来。他最初留给我们的印象,才是这块土地上最匹配的色彩。

刚刚在城里人的一通电话中,感到了一阵嗖嗖冷意。世态炎凉已经成了城市的通病。但是,我却在一双为我温柔地梳头的手上,重新找到了属于人类的暖意。这是我遇见的第二位塔吉克老妈妈,她看见我好几天没有梳理的头发,悄悄地站在了我身后,用了两把木梳,给我慢慢地梳起来。虽然是好久没有梳理过的头发,却丝毫没有哪怕一根头发被揪疼,老妈妈是怎么梳理的?我甚至有些奇怪。那一时刻,我的心暖暖的,柔软得要化了。我在众人的目光里幸福地笑,我成了他们羡慕的人。老妈妈在临别之际,忽然拿出一块玉,送给了我。玉,在爱玉的人眼里,是无价的。望着这块玉,我并不知道它究竟属何种成色。但是,玉如人心,我将永远珍藏它,珍藏人世间的一分如玉的情意。

这些,是人性中最宝贵的东西,全都是发自内心,不造作。它自然而然地表露着,在这荒瘠的远山里的绿洲,支撑他们的生命河流在艰险的生存环境里茵茵不绝地流淌下去。

我在想,是否,当人类的欲望真的降低到了只要足够吃饱的时候,那些人性中最本真的东西,那些人类祈望的真、善、美,才会没有阻碍地流淌出来呢?要不,幸福指数与经济指数背离的现实状况又该怎么解释?其实,在这里,也并非无忧无虑，一边要靠天吃饭种一点麦子苞谷，一边要赶着毛驴走很远的山路运石头卖钱，还要提防洪水袭来危及房屋乃至人畜生命。但是，深深的山，遥远的路，容易阻隔掉人们的心旁生枝蔓。他们甚至也喜欢这样的生活，哪怕政府帮他们移民，他们中的好多人还是回来了。可能，就因为他们喜欢或者是过惯了这样一种隔离尘嚣的生活。这样的生活，简单，所以快乐。

难怪我回到我所生活的环境时会有好些天难以适应，难怪我时不时会怀念那个村落，那里的人家。尽管有人说，人都是向往自己所缺乏的东西，倘若真的待在那里，说不定会郁闷死了。但是，在那里，人，就像那地里的麦子抑或苞谷，绝没有化肥和添加剂，呼吸着羊粪与青草混杂的芳香，自在地生长。在那里，抽搐的心，会舒展开来，自然地呼吸，跳跃，以致笑或是哭，都可以无所顾忌。在那里，人心，不带温情脉脉的面纱，简单和宁静覆盖了一切枝枝蔓蔓。在那里，有着适合心灵生长的生态土壤。

真的去那个世外桃源，可能吗？人类的一大弱点，就是不愿放弃既得的东西，去为陌生的环境所带来的不可知的因素而冒险。因此我们只能在心里向往以至神往，然后，继续过我们不算太好也不算太坏的生活。

高原的颜色

当那些崎岖的山、湍急的水以及令人惊艳的美女渐次出现在我的眼前的时候，我的心跳在加速。大起大落的景，以及突兀而来的美，让我呼出心底最深的气息：啊！

此刻，我们坐着越野车，爬上了海拔4000米的帕米尔高原。

这里是塔什库尔干塔吉克县塔什库尔干乡色日克塔什村。

稀薄的空气、干裂的风以及让人睁不开眼睛的阳光，构成了这里的特色。

这里显得很空旷，很少有人来。来的人都是冲着这里的盘羊而来。是那种长着盘旋的角、赭石色的毛以及像是画出来的脸的动物。它们庞大、美丽而绵弱，于是就选择了在最险恶的高原上生活。

我知道，其实人们不远万里来到这里，经受生命极限的折磨，不光是为了那些美丽的盘羊，也是为了寻求极限过后的巅峰体验。

白天是刺目的阳光，到了夜晚，却是漆黑的世界，甚至没有月光或星光的照射。

我们在一位纯朴的护林员胡达拜提家里住着，泥巴糊成的房子，进屋就得脱鞋上炕盘腿而坐。他的儿媳身材高挑，头上是白色的披巾黑色的小帽，穿着黑色坎肩，长及脚腕的裙子，朴素而不失妩媚。从我们进屋直至入睡前，她一直进进出出忙碌着，一忽儿拿来一叠白瓷碗，一忽儿提来一只茶壶，一忽儿端来一摞烤饼……她划亮一根火柴，点燃了固定在房中间柱子上的一根蜡烛，然后，我们就在昏黄的光线里喝茶、聊天，嚼着咯吱响的青稞、豌豆混合面烙成的饼子。

也只有在这里，在这样的夜里，才感觉时间的脚步慢了下来。

在那一夜，我们就着昏暗的烛光，吃了一顿意想不到的饭。当胡达拜提的儿媳将那一大盘饭端上来的时候，我们一开始并没有在意，舀起一小勺吃下去，每一个人却都惊呼：哇，这么好吃！那盘里是上尖儿的米饭，米饭上是大块的莱菔芦，借着昏暗的光线再次打量，原来是“帕来吾”，也就是抓饭，只不过没有肉。奇怪的是没有肉怎么这么香，米粒晶亮筋道，葫芦莹白透青，这种做法的饭我们是第一次吃。忽然在我眼里，胡达拜提的儿媳，那个与我们语言不通的女子，像仙女一样心灵手巧。这一定是她自己的创造，在这荒凉的高原上，为了让客人吃到可口的晚饭，将仅有的一点胡萝卜和菜葫芦做成了喷香的美食。

柔和的晨光里，我们尾随胡达拜提大叔的儿子阿塔洪去了他家的一块农田，地里到处裂着缝，像一张张干渴的嘴。小伙子拿了一把绿色的苗子，分给我们一些，我们就开始学着他的样子，将苗子放进那些裂缝里。

“这样也能活吗？”我们问。

“能，一浇水就活了。”

我们蹲在那里，一边干活，一边听阿塔洪用生硬的汉语和我们交谈。他种的是叫做“恰玛菇”的一种农作物，可以卖到喀什去。恰玛古是当地人的一种主要蔬菜，长得有点像白萝卜，味道也类似萝卜，止咳润肺的效果很好。这里是高寒地区，只有少数几种农作物可以种。他们还种豌豆、青稞，还养了七十多只羊。羊太多也不行，因为冬天没有草。一年收入几千元，够一家老小吃饭生活。

小伙子很知足。一切都沿着自然的方向生长，的确很好。

我们遇到了一个到这里来挂职的乡干部小王，一门心思地想改变这里的“面貌”。他想在这片有些荒凉的山地都种上树，种上草，想养雪鸡增加村民的收入，还想让这里的人“勤快”起来。他对这里的人“胡里吗汤”种点东西就喝酒去了的生存方式非常着急。

他的出发点很简单：“男人一劳动，女人就可以回家干活了，天天劳动代替了天天喝酒，男女就可以平等了，男人就可以不再躺在床上等吃的了。”

小王计算了一下，草滩可以承受多少只羊，超出的部分就圈养，减轻草场压力。他还想从环保角度考虑退耕还林，发展旅游业……

不过，从另一种角度，在一间狭小的屋子里生活，种一点够自己吃的农作物，节庆时喝点酒、跳跳舞，能够知足，自己觉得快乐， 段生命历程有这些，有时候想想，那真的就是幸福。幸福不就是一种内心的宁静与快乐吗？他们祖祖辈辈就这么生活着，自给自足，也使得山川依旧静美。倘若真的搞起了大开发，这里的纯天然亦将被打破。一些地方每每就是这样，人还未见得富裕了多少，环境却已是满目疮痍。

闲暇时光，我们去了奔涌的塔什库尔干河，在河边捡石头。踩着大大小小的石头，每当我们眼前一亮，从冰凉河水里翻出一块心仪的石头的时候，哗啦啦的水声总是会让我们的心变得越发宁静。我们在河边乐此不疲,直到太阳快要落山。

4000米的海拔对于我们而言是一种考验。当我们抱着一堆石头往回走,爬上并不太高的坡的时候,我们已是气喘吁吁。停下来,张望四周,草滩青青,上边开满了紫色的小花,此刻静心去看,那种颜色,在青草的映衬下,在耀眼的阳光里,泛着幽幽的色泽,是一种无以言说的美。可能是身处空气稀薄的高原,生命的成长需要更多的气力,而一旦美起来,就会倾其所有,直叫生命疯狂。于是那紫色晕染了绿色,于是一种令人眩晕之美袭上我们的脑际。

回到村政府,只走了几百米,我们居然体力不支。当我们两腿发软地瘫在椅子上的时候,小王却依然精神抖擞,他决意要给我们做一顿汤饭吃。他根本不让我们沾手,自己和面,自己炒菜,最后把面片揪进高压锅:空气稀薄,只能用高压锅做饭。于是我们吃了一顿还不错的面片,厚厚的,有“嚼头”。

塔吉克族主要聚居在塔什库尔干塔吉克自治县以及莎车、泽普、叶城、皮山等县,总共有四万余人。塔什库尔干乡有5个村,相距几十千米,很分散。所以,一旦有节日或者庆典活动,全村人就会把它当做一次娱乐,一次游玩。是的,没钱,但不能没有欢乐。这个村有四百余人,全都能歌善舞。参加庆典时,几乎全村人倾巢而出。而在庆典上,唱歌跳舞者就达百余人。他们唱的那首《肖库木巴尔》,就是在婚礼庆典以及叼羊比赛等大型节日活动里唱的歌。

在高原上格外明丽的阳光下，塔吉克族小伙子姑娘们在鹰笛与手鼓的旋律中跳起了舞。忽而男的一起跳，忽而女的一起跳。男人都非常英俊，包括上了年岁的老人；女人都非常美艳，就像高原上的丽日。

而我，更醉心于那里的女子。那里的女子，第一眼吸引我的就是那双眼睛。大大的深深的眼睛，在乌黑卷曲的睫毛下，有些眯起。那大大的深深的眼睛就透过那些睫毛看我，透过耀眼的阳光看我。我猜想，那浓密的眼睫毛想必就是与耀眼的阳光相伴而生的。她们的皮肤也印染了浓浓的阳光，白里透红以致红里透黑，却并不显得粗糙。红色的衣裙和红色的披巾更凸显了一种妖娆。那火红的颜色是快乐，是激情，能够将你融化或者点燃。

在耀目的日光下，塔吉克族姑娘的美，也是耀目的。当她们随着鹰笛鲜明的节奏翩然起舞的时候，舞姿不紧不慢，节奏绝不激烈，动作绝不张狂，像展翅于天空的鹰一样，优雅，从容，纯净，应和了她们生命中的节拍。她们顾自踏着舞步，手臂翻转，踮脚转身，头始终扭向肩的一侧，像是自我欣赏、自我陶醉。

我入神地看着她们歌舞着，举着相机拍照十分影响我的视线，但是我又必须拍照，拍照的目的也很简单：把她们的身影永远留在我的重温之中。

塔吉克族姑娘的美，有一种很强的吸力，让我的眼睛看过去就久久地停留，不舍移开。她们自知她们的美么？好像并不清楚，因为她们的神情只能用纯洁质朴来描摹，而且让我不能有丝毫的置疑。

她们的美，像高原一样，曲线分明而并不流于狂野。是宁静、柔和，是远离了尘世的喧闹、沿着没有干扰的生命节律自然生长的美。

她们就沉浸在她们的世界里，随着鹰笛声声，舞着。

而鹰笛，看似很不起眼，却是呜呜咽咽地撩拨我心底的某根神经，那是一种令人百听不厌的乐器，因为它是用老鹰翅膀上的骨头做成的缘故么？它的美妙的节奏很有些探戈的意味，却是比探戈要从容许多，优雅许多。它在鼓点的节奏下，极其优雅地环绕我。嗯，对的，就是优雅，在这个人类文明之手尚未涂改到的地方，鹰笛与美丽的姑娘、俊朗的老人，都让人感到了一种优雅。这种优雅就这么出乎意料地，在这座高原上呈现而出。

十几岁就会吹鹰笛的人有很多。马纳扎尔·达吾拉提那扎尔74岁了，8岁的时候就学会了吹鹰笛，他的手很巧，还会做6根弦的热瓦甫。另一位中年人吾斯塔木库力·艾孜尔说："爷爷就会吹鹰笛，我是跟爸爸学的，我儿子13岁了也会，我用的是爸爸用过的鹰笛,是用鹰骨做成的。”

我拿过鹰笛,哦,那么光滑,闪着亮光,鹰骨本身就是空心的,再凿几个眼,就能吹出那么美妙的音乐,塔吉克人的智慧,让枯燥的生活变得富有色彩。

听乐看舞,我的心不能不为之迷醉。

高原上的塔吉克人,在夺目的阳光里,显得格外耀眼。

塔吉克人的美,晕染了高原的颜色。这片生态环境十分严酷的高原,因为有了塔吉克人,而投射出令人难以忘怀的迷人的光芒。

巴里坤的气息

朝着巴里坤的方向，在两个多小时的行程后，一缕清新的气息穿越天山峡谷，慢慢向我们靠近。

那是巴里坤的气息。

当我们越来越靠近巴里坤，就会越来越多地被葱茏所环抱。眼里，映入的色彩次第铺展。那些盘桓在山坡上的爬地松，大大小小，在淡淡的草坡上一团一团地，组成可爱的图景。山脚下溪水奔流，给暴热的空气泼上阵阵清冽。树越来越多，草滩越来越浓密，牛羊也像是被这丰盛的充满甜蜜气息的宴席迷醉了，迟迟不归，点缀在绿草之上，生机摇曳。与草原相接的远处，是耀目的金色，那是油菜花，将我们聚集的喜悦点燃。

我们就沿着这些色彩的阶梯，一步步地进入巴里坤腹地。火一样的灼热，也在青山与绿草的环绕里，倏地消失。

巴里坤，依傍天山，面朝草原。站在巴里坤山地上，我们与天空、白云距离缩短，阳光就像倾洒下来的金子，无处不在。然而，即便我的肤色飞速接近太阳的颜色，一阵风，一片云，带来的清凉，也会让我有所觉察。

一座搅拌着青草气息的古城，文化的意蕴时不时地飘向我。一段又一段古城墙，就是一段段历史的脉络，从现代街市里穿插而过。于是，一些已然悠远的记忆，就时浓时淡地浮现。兵临城下时的刀光剑影，人喧马嘶，仿佛还能从那些城墙上依稀传来，那些唐城汉碑、粮仓油坊等等遗迹，则让这座看似不起眼的古镇具有别处无法替代的味道。走在那些有着民间歇后语、谜语的回廊，会让我时而忍俊不禁，时而若有所悟。

夜色迷人，那座简朴的舞台，在夜幕下彩灯璀璨。舞台上《细君公主》正以一种古典而雅致的历史感再现了多民族文化交融辉映的华彩乐章。而铮铮作响的冬不拉和着阿肯高亢的歌声，听迷了台下纳凉的人群。路灯旁，但见一排排摩托车停靠了一溜，煞是壮观，那是来自乡镇场的农牧民过节似的奔来看戏。

而另一边，则是芳草萋萋，大片的草甸像是一个饱含浆汁的梦境。白日，这里就是欢乐聚集的地方。草地上，各种颜色的马儿以及大大小小的骆驼，都像是过节的孩子一样，被艳丽装扮，鬃毛和尾巴用红色、白色的布带编织成辫，背上披着斑斓的花毯。它们都是千挑百选出来的良马和优质骆驼，在赛场上身影矫健，风姿迷人。

围得水泄不通的人群就在骏马奔驰的过程里让欢笑声此起彼伏。有的抱着娇嫩的孩子，有的搀着步履蹒跚的老人，有手拉手的恋人，也有满地撒欢的半大小子。还有一辆骆驼大篷车，装扮得花红柳绿，亦成了那里的一道风景，在厚厚的草甸里高高的招摇。于是总有人被诱惑，坐上去，也招摇而行。

巴里坤，古称浦类，从《汉书·西域传》起就有记载，如东蒲类、浦类国等。现在的巴里坤湖，古时叫蒲类海。元朝时蒙古人抵达这里，将其称为巴尔库勒，即老虎腿。清初将巴尔库勒缩改为巴里坤，据《镇西县志》记载："清三征朔漠，威致遐方，靖远将军富公宁安驻军于巴尔库勒(因水以地名)，后更名巴里坤(而巴尔库勒之转音)。"

这里由于背靠天山，面朝草原，又有一汪湖水，自古就是天下著名的粮仓，是丝绸之路草原通道，亦是历代屯兵把守的咽喉要道，千百年来，就是兵马布阵、商贾云集之地。东西方文化以及中原与西部文化在这里交融荟萃。于是，巴里坤得到了最丰厚的怡养，在今天看来，那些史前遗址，汉唐文化，纵然已是过眼烟云，却为这片土地留下了抹不去的痕迹，依旧会在风起之时划过耳际，令人生出无尽的遐想。

巴里坤的气息，就这样，从天到地，从无形到有形，从我们的期盼里以及意料外，涌现。

伊犁鼠兔：一个久远的梦

逡巡那些光秃秃的山石，我总在想：这里什么也没有，伊犁鼠兔吃什么呢？

前往平均海拔3800米的一号冰川，去找寻伊犁鼠兔，我们这一次能不能与它谋得一面，得看我们的运气了。原因是，专家在近十年的科考活动中再也没见过伊犁鼠兔，伊犁鼠兔数量已经少得可怜，总数可能不及千只。

伊犁鼠兔，就像梦一样，你能感受到它的存在，可是，你却无法预知能否与之相遇。带队专家用手指指眼前的山坡对我说："看，这些小家伙就喜欢待在大石头缝儿里，四周的草就是它的食物。"我远远望去，那些草细小得无法辨认，山体一片荒芜景象。

“伊犁鼠兔怎么喜欢待在这么荒凉的地方啊”我心里嘀咕着。这一个山坡撑死了有两三只伊犁鼠兔,它们喜欢独居。

我望着那几个被冰川分割开来的山坡,那可是相距几千米呢!伊犁鼠兔万一想去串门,比登天容易不了多少。如若思慕对面山上的另一半,那要经历多少跋涉之艰辛以及意料之外的危险?通往幸福的路途对于这种柔弱的物种而言,亦是一种极限的挑战。

秋季,正是伊犁鼠兔屯草之时,我们一大早,天还没亮,就摸黑上山了,赶到伊犁鼠兔栖息地。雪后的一号冰川寒气逼人,我穿着羽绒大衣和羊绒裤还冷得直打哆嗦。忽然,我们在雪地上发现了一行爪印,爪印向着前方,在几米之外消失了。是伊犁鼠兔!我的心“噗噗”地跳:今天能见到伊犁鼠兔了。

我们兴奋无比,伊犁鼠兔一定去了脚下的山坡。立刻,我们带着摄像机、照相机,蹑手蹑脚地往山坡下爬。到处都是碎石,本来就险的山坡又被冰雪覆盖,雪和苔藓使脚下很滑,我只能手脚并用,以免失去重心,不一会儿就开始喘了,仿佛刚刚长跑过。

在一块大石板上,一朵雪莲正在开放,在雪莲附近的石板缝儿里我们发现了几粒干燥的棕色的粪便,圆圆的,高粱米大小。目光再往里寻觅,我们找到了一些新鲜的和陈旧的粪便和尿液，这就是伊犁鼠兔的窝。

可是，伊犁鼠兔去哪里了？我们悄然四顾，山坡寂静，在这里甚至没有找到伊犁鼠兔的爪印：雪地为我们提供了最有力的佐证。

伊犁鼠兔搬家了。我们只能得出这个结论。至于它搬到哪里去了，环顾四周，一个比一个荒凉的山坡，令我们茫然。

攀爬，使我突然就感到头痛、胸闷，一阵阵恶心翻涌，我干呕起来。那一刻，我大张着嘴，喘不过气，感觉一种临近死亡的恐惧。无论是站着还是坐着，都很难受。同伴给我一块糖，告诉我：没事，这是高山反应。我在一块石头上坐了一会儿，觉得心脏好一些了，就艰难地爬回车里，半天动弹不得。

我们无功而返。

决定吃过午饭再去寻找。天公不作美，雨、冰雹、大雪，一阵紧似一阵。计划泡汤，正好给了我们休息的借口。裹着睡袋，我们尽情大睡了一觉。

一号冰川在我的想象中，一直是一个静穆的所在，它在高出地平线几千米的地方，伫立亿万年，冰冷注定是它的体温，洁白注定是它的姿态。离开这些，它就不是它了，它也就失去了存在的依据。

洁白，肃穆，宁静，在我们到达一号冰川的时候，这些概念统统发生了歧义。轰隆的挖掘机，乌烟瘴气的蘑菇棚，以及那些躺在地上等待被贩卖的高山珍稀植物雪莲、红景天，都令人的心有一下一下地被割砺的感觉。脆弱的一号冰川植物很难见到连接成片的草甸，到处都裸露着碎石，看上去仿佛发生过一次山石爆破，抑或是一场泥石流。荒凉的山体上，那些长在一坨坨薄薄的土里的植物显得那么顽强而又娇嫩，大多呈现袖珍的样式，顾自在寒风里颤颤欲摧。

下午，碧空如洗，白云与冰川相映，灿烂如花。

踏着碎石，我们一路张望，希望在那山石间忽然冒出一帧灵动的身影，听到几丝生命的响动。

在宁静得仿佛时间都消遁了的山间，忽然听到哗哗啦啦的流水声。那发自山石之下的声响，我们倾听着，倾听着，干脆忍不住躺在碎石上。碎石硌在背上，刺激了穴位，倒是解乏。此刻，面朝蓝天，感觉一下子被宝石一样的天空融解了。再听那流水声，竟如音乐一样从我们的血液中过滤而去。我们静静地，谁也不说话。闭上眼睛，只让意识环游在这广袤的气息里。一个同伴忽然说，再躺下去，要睡着了。难得有这么好的感觉，连那可怖的高山反应也不知觉了。

次日清晨，霞光初现。走出门外，我却被眼前的景象惊呆了。暗淡的光线里，白色的毡房前，我看见了一幕从未见过的美景：一群一群的羊儿一动不动地卧在晨曦里，昨天一阵紧似一阵的冰雹停了，山上的冰川变白了，群山像是被水墨皴染,灰寒而壮丽,天边的彤云优雅地陈列,在淡淡的山色中煞是妩媚。

一对小鸟,在我眼前的小溪边悄悄飞着,暗红色,一雌一雄,雄的颜色更艳一些,一下子飞到离我不足两步远的地方,眨眨小眼睛,望望我。我心想:胆子可真大。接着它又飞回同伴身边。雌的更稳健、安详一些,自顾觅食。这对旋壁雀散了会儿步,倏地飞起来,一瞬间就到了远处的山岩上。再看它们,已是十分渺小而费力,与山色相融了。

20世纪70年代时候,这里只有3户人家,2000年的时候已经有40多家。冰化了,草没了,地里到处被挖得乌七八糟。在环境退化得如此严重的地方,具有谜一般身世的伊犁鼠兔,生活的窘困一望可知。

当它从远古的岁月一路踟蹰,最终落脚于我们所处的这个年代的时候,是否还能依然幸运地跻身于苍茫众生中?

我们与伊犁鼠兔失之交臂,寻找它,如同寻梦一般,梦境美丽,现实残酷。

那个长得似兔似鼠、有着美丽花纹、小毛球般可爱的动物,在一半是洁净尚存一半是侵蚀加剧的环境,还能够坚持多久?

站在不断消融的冰川下,行踪缥缈无定的伊犁属兔,你,会在哪里呢?

大起大落始知“情”

再次踏上去南疆的旅程，由于职业特点，经常会和形形色色的人打交道。这一次经历的一些戏剧性的遭遇，令人品啜了不少人间滋味。

工作行程非常紧张。但是，当阿图什的同志一遍又一遍地描绘着阿图什大峡谷的时候，我忽然忍不住说：“我真的想去了。”其实这话也说到了其他同行者的心坎。于是，取消的计划重新拟定。

第二天上午，我们向着大峡谷进发，我对阿图什大峡谷印象最深的是那里的水，以及涉水的“惊险”、玩水的尖叫。

新疆有不少大峡谷，库车大峡谷、温宿大峡谷、土峪沟大峡谷等等。那些峡谷都不如这里好玩，因为这里有水。

水，很重要，和人类密不可分。水，不仅连接着生命的源头，而且，人类因为有了水，才有了洁净，有了文明，有了如水的情意。

大峡谷距阿图什吐古买提乡约18千米，峡谷里到处是水。我们穿着胶靴，涉水往峡谷深处走。水很凉，水深处可漫过胶靴的鞋帮。为了不让鞋子进水，我和萍一路小心翼翼，小燕子可不管，裤腿挽得高高的，大大咧咧地走。

在峡谷里走，忽而要踩着小石头，忽而要攀过巨石。有水，一切都灵动起来。一路上，时不时，会有泉水从山岩倾注而下，大的就成了瀑布。瀑布飞流直下，溅起白色的水花。在潮湿的水珠下，我们忽而在阳泉湿湿脸，忽而在阴泉洗洗头。传说不孕的妇女喝了阴泉水就能怀孕。

几个少数民族男孩女孩干脆将彼此扔进了水里，尖叫声和欢笑声引逗我们驻足观看。他们故意把衣服弄得湿淋淋，那种疯狂令人想到了“少不更事”。

从大峡谷回来，我们到了托古买提乡，在一棵浓荫蔽日的杏树下，长条形的红色绣花垫子已经铺好，围成一圈，精细的针线活绣出的精美图案，散发着喜气，这是柯尔克孜人家家都有的用品，看一眼，就被那浓郁的气息所吸引。中间已经摆满了美味佳肴：土豆、苞米、毛豆以及烤羊肉、手抓肉……几个柯尔克孜人弹着库姆孜琴，唱起了动听的民歌。我们一下子就被眼前的景象感染了，纷纷戴上柯尔克孜族帽子照相，欢笑声响了起来。只见罗部长头戴柯尔克孜人帽子，手拿库姆孜，抿着嘴弹了起来。我们惊讶，想不到一顶帽子，一把琴，这么神奇，眼前的人忽然间就生动起来。这番打扮，使一个看上去严谨的人俨然成了活泼英俊的柯尔克孜族青年。气氛热烈了起来，萍趁热打铁，也戴了柯尔克孜族帽子，长发垂肩，顾盼生情，美得如同画中人。我忽然觉得那些帽子的设计的确不光是为了实用，也会给一个人镀上浪漫的光芒。我们被这眼前的美景陶醉了，使劲鼓掌欢呼。

坐在杏树下，我们大碗喝着奶酒，相互敬酒，表达心意。我们三个女人端着几乎遮住了我们的脸的海碗一干而净。每个人都有点醉意，走路有些飘飘然。两个柯族女孩子干脆坐在我们身边，纵情欢笑。

情意在欢乐中变浓了。

我们晕乎乎地启程了，有点东倒西歪地相互握手道别。若不是已经安排好要去下一个县，我们简直就不想走了。

到达目的地时已经天黑，出乎意料的是，我们要见的主角居然躲在大门外，令人匪夷所思。在阿图什的好心情忽然间一落千丈。大家庆幸这里的行程提前已做了改变，第二天的机票已经订好。上午工作一完，我们就立即赶往喀什。

在机场，罗部长已经等候在大厅里，遇上这朴实无华的一幕，我们胸口有一股暖流直往嗓子眼儿冲，竟然有些想落泪。我们一一上前和罗部长握手，感觉出其间的情意竟是一种故友重逢般的厚重，冷落的心境得到抚慰。罗部长是特意从阿图什赶到喀什来送行的。面对这份情义，我们为之感动。尽管双方都是为了工作相遇、合作，在公事公办背后，却不能抹杀一种人与人之间真诚的情意。

　　一次差旅中遭遇的大起大落的情绪纠葛，让人间的真情浮出水面，变成了美好的回味。

想起葡萄就想起新疆

一

葡萄的记忆可追溯到童年那些已经显得有些缥缈的年月。那是些摇晃着光阴的影子的记忆。

一座庭院，是我生长的地方，热闹中又有些孤寂。母鸡领着小鸡们咕咕觅食，公鸡咯咯咯地打着鸣，在一旁时不时捣捣乱，与母鸡们“打情骂俏”。排着队穿行而过的鸭子，最爱到院子里的一条小渠沟里游泳，把它那扁扁的嘴铲进水里，泡泡就咕噜咕噜地冒上来，乐此不疲。集体菜窖前总是堆着一大堆的麦草，成了鸡的食堂，更是孩子们的乐园，总会有三五成群的孩子爬上草垛，或追逐打闹，或刨开麦草，找到几粒麦子，放进嘴里嚼啊嚼，嚼出了面筋当“泡泡糖”吹，亦是乐此不疲。当了妈妈的、做了奶奶的，坐在门口很专注地做活儿，纳鞋底儿，织毛衣，做衣服，给孩子准备吃食。

就在这些嘈杂之声中，院子的深处，静静地生长着一片葡萄树。

那些葡萄树，数得过来，每一年分葡萄的时候，却足够保证住在这院子里的人家都能吃到。

春天，它从地里抽出新叶的时候，是最为娇嫩可爱的。依稀记得那时候我最喜欢端详那些长得有些像枫树叶的叶子，嫩绿，带着冬眠了一季蓄积的鲜活，也点亮了孩子们的眼眸。我最爱折下一点它的卷曲的有些俏皮的蔓，放在嘴里，嚼一嚼，酸酸的，让人禁不住打个哆嗦，已经有了葡萄的味道，一些同样曾经过冬的感受被唤醒了。

夏天，它的枝叶可以覆盖它所在位置的整个天空，其下，就是绿荫满地，我们就在这些阴凉里，一遍又一遍地仰头看那些高高在上的藤架上的葡萄。那些葡萄细密地排列，形成有些卷曲的长条。渐渐地，聚集在一起的葡萄开始变得轮廓分明。随着太阳的日益火热，葡萄吸足了热辣辣的能量疯狂的生长，越来越圆，越来越鼓，一串一串，醒目，招摇。那些透过密集的树叶得到了阳光的印染的葡萄，一半就变红了。藤架上，就像开了盛大的宴会，像红玛瑙、绿翡翠的葡萄，引得我们口水直流。

于是，就在最热不可耐的8月份，分葡萄了。那些葡萄，从高高的藤架上被摘下来，吃一颗，咯嘣咯嘣，饱含水分。

当然，有酸的，有甜的。吃的次数多了，就能够看出，那些过小的或者长得尖细的，颜色生绿，绝对酸得倒牙。而那些浑圆的、透着玉石光泽的葡萄，绝对好吃。最好吃的当然是那些被阳光染色的葡萄了，带着少女般的红晕，吃一颗，甜甜的汁液就流进了嗓子眼儿，流进了心里。

分葡萄的那天，孩子们往往一人提着一串葡萄，跑着跳着，笑着叫着，三五成伙地出去玩，葡萄，就成为玩伴之间相互品尝和赠予之物。

葡萄织就的光阴，就是这样，装点了生长在新疆的孩子们的童年。而那些葡萄的滋味，也会浸染在他们的生命里程里，渐渐变成甘甜的回味。

二

想起葡萄树，就想起了买力开，一位维吾尔族女孩子，我的童年伙伴。

我们都叫她美丽开。她和我住一个院子，父母很和善，我们年龄相仿，在当时是最要好的伙伴。

美丽开的家和我们都不一样，那时候，我一直认定在那个院子里只有美丽开的家最好看。维吾尔族喜欢种葡萄树，美丽开的家也不例外。所以,每当炎热的夏季到来,看看美丽开家门口的葡萄树,都会觉得凉快了一些。她家种的葡萄也和院子里的那片葡萄不大一样,形状更圆一些。

美丽开长得也像葡萄一样,眼睛是圆的,脸蛋是圆的,笑的时候样子很可爱。并且她和我一样,对葡萄情有独钟,怎么吃也吃不够。

我们喜欢相互串门。有一次我到她家里去玩,正碰上她的妈妈要给她涂眉毛。那是一种叫做奥斯曼的叶子,美丽开的妈妈先用手挤出奥斯曼的墨绿色的汁,然后用笔蘸了蘸,开始给美丽开描眉,不一会儿,两道弯弯的长长的眉毛就画好了。看到我来了,美丽开的妈妈就拉我过来,也给我画眉毛,软软的凉凉的笔从我眉毛上划过,我的心兴奋得咚咚直跳。画完了,我光顾着和美丽开玩了,把这事儿给忘了。路上,看到别人有些异样的目光,赶紧跑回家照镜子:哇,眉梢伸向了太阳穴,更吃惊的是,眉头也用奥斯曼连了起来。这样可不行,明天怎么去学校啊。洗的时候才发现奥斯曼是很厉害的,洗几遍都还有痕迹。之后,遇到美丽开画眉毛,她的妈妈还会给我画。我的眉毛就长得比以前浓密了,更让我惊讶的是,我的眉头居然顺着奥斯曼描画的轨迹也开始连起来了。

我喜欢跑去找美丽开玩,喜欢在她家铺着粗硬的毯子的床上坐着,晃着两条腿,看美丽开一家人忙。那时候,美丽开有个妹妹刚出生不久，躺在木头做的摇床里，咿咿呀呀。我对那个摇床特别感兴趣，木床的雕花光滑浑圆，看不够，摸不够。我就去帮着美丽开摇摇床，“咯噔，咯噔”，那摇床的木头就一下下敲到地毯上。婴孩的奶香味、尿骚味混合着童年的懵懂，也随着摇床摇啊晃啊，布满了我的知觉，打发着那时候的我大把大把的时光。

美丽开经常穿一条艾德莱斯绸做的连衣裙，红色和黄色交织着舞动，衬得她也像花朵一样饱满，在那个军绿色、藏蓝色泛滥的年代，那条裙子的色彩格外的亮目，总是在我眼前晃啊晃，让我暗暗羡慕了很久。

美丽开也不像一般女孩子那么小心眼儿。记得有一次我们发生了点儿误会，我以为她生我气了，其实她根本没放在心上。我甚至和她学了几句维吾尔语：“你怎么了”“有水吗”“坐下”……不过，美丽开的汉语说得很流利，我也没有学维吾尔语的意识，要不然就可以和美丽开学很多。

那段时光，是快乐的。我们两家大约只相隔三户，只要我在家门口伸头一张望，就能看到美丽开是不是出来玩了，或者我就喊一声“美丽开”，美丽开就跑到我家来了。

后来，美丽开一家离开乌鲁木齐，搬到伊犁去了。又过了好久我才知道，伊犁的绿色更浓，他们是追随绿色而去的。

她走了，我的心里骤然间变得空落落的，好多时日不能适应。虽然刚一开始我们还写信，那对于上小学的孩子而言，还是挺难。孩子，对于遥远的距离，更是无法把握。最终我们相互失去了联系。

只是在我的心里，那个长得像葡萄一样可爱的美丽开，成了我童年时光里的一个永远的忆念。

三

更圆的更好吃的葡萄，当属“木纳格”。我对葡萄的这种新的认知，要从在阿图什出差时偶遇木纳格开始。

我们在阿图什时，当地正是葡萄收获季节。当那些圆滚滚的葡萄端上来的时候，我们一片惊呼。这就是木纳格葡萄。

木纳格，听当地维吾尔族人解释，就是圆的意思。也有的说是晶莹之意。木纳格葡萄之浑圆，言语无法描摹，看一眼，就会被迷上。

呈现在我们面前的葡萄是椭圆形状，但又是我当时见过的所有葡萄里最美貌的，淡绿色，周身透着如玉的光泽，有的带着半边红晕，从外皮儿都能够体察的到内里饱满的浆液澎湃欲出。

口水倏地涌出齿间，揪一颗放进嘴里，甜甜的，水水的，却是恰到好处，绝不甜得糇嗓子，也不会有酸得难耐的尴尬。

我们为木纳格倾倒，这么说，一点不过分。我们逗留的几天里,木纳格的韵味就一直飘扬在我们周围。我们的唇齿间,总是留有木纳格的滋味。睡梦中,也总是有木纳格的身影。因为我们的喜爱,木纳格就源源不断地被送了来,这种我们一见钟情的葡萄,就包含了当地的一份浓浓的情意。圆圆的木纳格,甚至一度让一位同行者拥有"木纳格夫人"之美称。

在葡萄的家族里,木纳格是我平生的最爱。木纳格的品与貌,至今都为我所倾心。我甚至在以后的一段漫长时光里,想念木纳格。

然而很长一段时间里,由于路途遥远,木纳格的风采无法穿越漫长的距离,为更多的人所识。

听当地人介绍,木纳格在和田、喀什都能见到,但是品质最好的是阿图什的木纳格。

阿图什的海拔与阳光正巧迎合了木纳格的生长喜好,珍贵的地下泉水、悠久的种植传统,都让阿图什的木纳格成为世界上最好吃的葡萄。

遥远的世界里,许多株葡萄,哪一株最喜欢这片泥土,哪一株在开花的季节里正好吻合这个经纬度的风向与热量,开得最烂漫最彻底,让果实出落得最符合舌尖的喜好审美的尺度呢?2000年多前,一位智慧的种植者,或者是更多的人一起,将一年又一年的光阴全都倾注在了一株葡萄的寻觅、选择、培育。某年某月的某一天,这一株葡萄结出了人们的预想,果实的完美超出了人们的预想。于是,这一株狂想世界里的现实产物,变成了一个喜悦的消息,在亲戚之间流传;老乡之间流传;村与村之间流传,渐渐的形成了家族的势力:红木纳格、黄木纳格、绿木纳格和白木纳格。张骞出使西域时发现了木纳格,不能释怀,不惜辗转几千千米将之带回中原。

木纳格跨越了时光,成就了本土的荣耀。

木纳格,生长在塔里木盆地边缘的绿洲,我们并不知道,从它初现之时起,是如何历经2000年光阴流转,在严酷的境地里扎下根须的呢?又是经历了怎样的蜕变,在冰与火的交织、干旱与雨露的更迭中,淬炼成如此纯粹的质地呢?它又给世居在这里的总是要与风沙、与干旱纠结的人们带来了怎样的滋养与欢情呢?

欢笑合着泪水的生命里,一定有木纳格。

甚至因为木纳格,阿图什这个地方,也有了别样的意味,令人念念不忘。

这些年,除了原有品种无核白、马奶子,葡萄的种类越来越多,巨峰、红地球、玻璃翠、粉红太妃……相貌也是千奇百怪,有的长,有的圆,有的翠绿,有的紫红,有的硕大如李子,有的小巧如樱桃。然而哪个名字,也不如木纳格这么响亮,这么掷地有声,魅惑人心。

木纳格的地域色彩、人文内涵具有无比的穿透力,其他的葡萄名称就显得寡淡了不少。

四

在新疆，让我神魂颠倒的地方，还有葡萄长廊。

葡萄长廊，在我的心里，弥散着诗意。

与葡萄长廊第一次邂逅，是在遥远的和田县巴格其镇。漫漫路途的颠簸，蒙蒙沙尘的飞扬，让我们身心俱疲的时候，忽然间眼前一亮：绿色的长廊掩映在一派土黄色的背景中，与农田相映成趣，让我们的被荒漠遮蔽了的眼眸，在浓阴的抚慰里变得湿润。站在浮尘里，望向那无垠的绿色的时候，一种浓烈的感触就涌上心头。

对于生活在沙漠边缘的当地人，那些“勤劳”“智慧”的词汇里，包藏着太多的震撼与感动。在这个人多地少的地方，在这个古丝绸之路上曾经声名远扬的地方，人们是把种田都当做了绣花，农田，永远都是笔直的，平整的，绝无沟沟坎坎，歪歪斜斜。他们要在这一亩三分地里挤出更多的收获。葡萄长廊，也是他们在恶劣环境里，为了节省耕地，创造的奇迹。于是，收获葡萄，也收获绿色。

正午，当我们从那藤叶密布、果实累累的葡萄长廊走过的时候，立时感觉凉爽了许多。徜徉于葡萄长廊，一派葱茏隔离了外界的残酷。葡萄的枝叶、葡萄的藤蔓以及玛瑙一样的葡萄，充溢了诗意与浪漫。葡萄的气息缭绕在我们周围，迷醉了我们的心，甚至一刹那让我们产生不知身在何处的错觉。

葡萄长廊里，那些面朝黄土背朝天的人们，那些一边赶着马车一边冲着我们颔首微笑的人们，那些面庞刻满了皱纹、永远都对未来充满期待的人们，当我们与他们相遇的时候，我们其实就是相遇了幸福的人们，我们尊敬和爱戴的人们。漫天浮尘下，他们怀着一颗乐观的心，改变着生活的环境，让葡萄的价值延伸得更远。联合国将此处命名为“全球五百佳境之一”，也是因为它表达了一种人类的共通的情感。

这样的葡萄长廊，在和田，有几千米之长。在这片土地上，它是生命的暗喻。当那些娇弱的葡萄树在和田人的培育与呵护下，在荒瘠的土地上，终于长出了强壮的枝条，伸展，缠绕，遮住热毒的日头，抵挡狂啸的风沙，葡萄树的生命就与人的生命水乳交融。生命的藤蔓强大起来的时候，葡萄与人类，一荣俱荣。

又到夏季，我们在火热的吐鲁番走进葡萄沟。车窗外，闪过眼帘的三两个包着花头巾领着孩子的维吾尔族女人，一扇扇描画了美丽花朵的院门，摆在地上待售的一篮篮葡萄，都让人惊羡不已。就这样，穿过一段两旁绿树苍翠的村巷，一边自顾不暇地欣赏闯入视线的风景。这些街景仿佛葡萄长廊乐章里的序曲部分，散发着新鲜的生活空气。

站在葡萄沟里，葡萄长廊曲径通幽，凉风袭来，宛若仙境，与火洲的滚滚热浪恰成对照，行走在这里的人们，脚步不由得变得舒缓，眼睛欣赏红的、绿的、紫的葡萄，耳畔传来坎儿井溪水的潺潺之音，疑是置身于江南泽国。

葡萄沟里的居民有维吾尔族、汉族、回族。随意走进一户人家，男主人名叫库尔班江·司马义，他家的院门画着红花绿叶，煞是好看。院子里也是葡萄藤蔓缠绕，悄然发散着迷人的田园气息。库尔班江祖祖辈辈都住在这里，祖祖辈辈都种葡萄，葡萄已经融入了他的生活，甚至成为他生命的一部分，他们一家老小要靠葡萄来维持生计，门前院后要靠葡萄树装扮，一年四季餐桌上都离不开葡萄。夏天吃刚摘下来的葡萄，冬天吃自己晾的葡萄干。库尔班江71岁了，胡子已经花白，身体却格外结实。他觉得他的生活今后也不会改变，他喜欢种葡萄，也最擅长种葡萄，他的子子孙孙也可能会过着和他一样的生活。葡萄，就是他一家人生生不息的命脉。

细想想，葡萄的情愫确乎是贯穿了新疆人的四季。如今即便在冬季，也能品到很新鲜的葡萄。

新疆人对于葡萄的眷恋，还有骨子里的。

“葡萄美酒夜光杯，欲饮琵琶马上催。醉卧沙场君莫笑，古人征战几人回。”乌鲁木齐初雪的那一天，白色的雪花纷纭飘落，驱散了绵延数日的雾霭。聚会上，著名学者段蔷举杯畅饮，一首边塞唐诗从口中一气呵成。仙风道骨的老者，抑扬顿挫的吟诵，勾起了多少人心灵的共鸣。当葡萄与酒结缘，穿越古今，我们就沉醉在豪情万丈与柔情似水交汇的浮想联翩中。这位毕业于中央音乐学院，会说维吾尔语、哈萨克语、柯尔克孜语，大半生都奉献给了新疆的老者，新疆的葡萄，在他的记忆里，和许许多多奔赴新疆的建设者一样，散发着动人的光晕。

葡萄，在广袤的新疆，价值绝不止于物质与财富，也广布于新疆人的精神领域。当葡萄在干旱缺水地带营养了无数血肉之躯的时候，其实也总是以一种浪漫多姿的诗性的形态，给人以精神的抚慰。

眼下，正是冬季，当有些迷蒙的阳光里又一次飘起细碎的雪花的时候，远在阿图什的朋友捎来了沉甸甸的木纳格。浑圆的果实再度勾起了那些与葡萄关联的美好的情意，于是长长的葡萄藤蔓在心头缠绕……

赛里木湖，幽幽见我心

不知为什么，一听说要去赛里木湖，心里不期然地涌起一阵暗藏的波澜。

多年以前，我曾经去过的地方啊。

“请听我唱那首动听的歌，多年以前，多年以前……”每当那时的景象再现，脑际里就回响起这首歌的旋律。带着淡淡忧伤的歌曲，令人心起涟漪，怀想连绵。

重温旧梦梦何处

时光回溯。那一年，我们踏上漫长的旅程，晨昏颠倒，日夜兼程，一路向西。路向着远方延伸，拉长，将我们的体力也消耗殆尽。在疲惫已极之时，在荒野与绿洲更迭、再更迭、终让人了无意趣之时，一块宝蓝色的玉，赫然跳入我们眼帘，仿佛从天而降，令人猝不及防。

惊喜被堵在了嘴边。

不顾阴雨绵绵，我几近蹒跚地走下车。站在湖畔，寒风夹着冷雨，几乎将我击倒。而那泛着微澜的湖水，那么深幽，凝望它，一种莫名的吸力从深处而来，使我不能移动。

那种幽幽的蓝，闪着冷艳的光泽，有如一块温润的玉，看一眼，就会为之倾倒。湖水的气息又是静谧的，那巨大的静谧占据了整个空间，连同周遭的草木，连同人的呼吸……

那时的我，刚刚走出象牙塔，面对如此一澜幽湖，怎能不被撼动，不被俘获。不是由于她的美貌，而是那仿佛与生俱来的浩荡无边的忧郁气质，加之凄风苦雨，更是浓化了意境，直教人潸然泪下。

如同一束凛凛寒光，劈开我昏睡的意识。你的面容在我的眼里扩展着，吸摄着整个心的倾慕。

如同一块凝固的玉，幽蓝幽蓝的，又如一块滑腻的脂膏，均匀细致的动的整体，是沉沉的静。

你铺展着，与山与云与天呼应。半山雪如同一幅横披的绸，潇洒地打着皱褶；云，柔美地打着旋儿，如同夜空星光闪烁，又恰似无数看不见的鱼儿在水底活泼地舞蹈。

湖的边缘被阳光幻化了，呈蛋黄色的水如同一只巨大的龙虾盘伏着。

你，空荡荡的，没有飞鸟，没有小岛，没有帆船，没有“卷起千堆雪”的浪之喧腾，显得如此孤独，如此冷落，令各怀心事的人黯然神伤。

你的蓝呵，没有一种语词可以描摹。不同于海蓝，不同于湖绿，望望天，也不是天色的赐予。你蓝得那么深厚，那么沉重，那么幽冷，那么与众不同，那么夺人魂魄。

那一年，我留下的心迹——《致赛里木湖》，至今都记忆犹新。那一时刻，寂寥的世界里，空荡荡的，仿佛只剩下了我和一池湖水……

赛里木湖，幽幽见我心。

重温旧梦，梦何处？此刻再度面对赛里木湖，时过而境迁。“天之涯，地之角，知交半零落……”在时光的冲刷下，回首之际，才知此言个中蕴意。朦胧也好，懵懂也罢，当我们在岁月的河流里渐渐成熟了心智，眼界日渐开阔的时候，才有转身的洒脱，才有放手的幸福。

后来看到一些古人描写赛里木湖，也才恍悟那一池湖水，并不光是今人为之动容。

赫赫有名的林则徐就曾经在《荷戈纪程》里这样描述赛里木湖：“四面环山，诸山水汇巨泽，俗呼‘海子’，考前人记载，所谓赛里木诺尔是也。东西宽约十里，南北倍之，波浪涌激，似洪泽湖，向无舟楫，亦无鱼鲔之利。土人言，中有神物如青羊，见则雨雹。”清代的萧雄也在《赛喇木泊》一文中描绘了赛里木湖的状貌：“海深不可测，无鱼虾，惟夜间时闻搏激吟吼声，非神物必怪物也。”

赛里木湖的深幽与神秘感，看来早就为古人所识。而我们这些活在现在的人，面对赛里木湖，触景生情，自是理所当然。

现时美景当尽欢

再度站在赛里木湖畔，是另一番景致。

就像人生，转换了幕布。

此刻的赛里木湖，截然地成就了鼎沸的生命气息。

六月初时，阳光正好，不似热夏之滚烫灼人，亦不刺目，只让花儿平添了更多妩媚。人在花儿的映衬下，也添了不少美色。生活在城市的坚硬里，面对铺了一地的野花，如何能够抵挡。我们一行人几近“扑”向花的四野，孩子似的欢呼雀跃，三五成群与花合影。听说花儿可以吃，就有人以饥肠辘辘为名，摘下金黄的蒲公英花朵，大嚼起来。有人哂笑道：“牛羊可是在花儿上撒了尿的！”于是响起一片哄笑声。

赛里木湖此行，竟是欢乐超乎想象。来自山东的作家以及来自乌鲁木齐和博州的作家同时在赛里木湖相遇，地域的差异也造就了意外的谐趣。诸如萨朗学车之传奇：“飞渡”农田,满嘴玻璃碴,满车树叶;山东作家的方言与新疆的地域文化邂逅而生出意想不到的谐谑效果,制造出一波又一波的忍俊不禁;晓波出差之长筒袜联想、蒙古袍诱惑……都在一次次绘声绘色的描述中,抹上了浓重的喜剧色彩,直笑得大家前仰后合,腮帮子酸痛。令人再一次感叹旅途上有几个开心的友人同行,真是很惬意的一件事。

在蒙古包,当蒙古族艺人手捧洁白的哈达,唱起了祝酒歌的时候,我们也会被那热情的歌舞所迷幻,咕咚喝下大碗美酒,扭动即便不美的腰肢,与艺人同歌同舞。尤其是当艺人用蒙汉两种语言唱起京剧,我们更是为多民族文化交汇之精彩而折腰:“蓝脸的多尔礅盗玉马,红脸的关公战长沙,黄脸的典韦白脸的曹操,黑脸的张飞叫喳喳……”

人生得意须尽欢,莫使金樽空对月。人家古人早就觉醒了的,我们只需借助于古人思想的梯子,站到人生的高处,就可以抛却现实的烦恼,豁达一点看得失了。

幽幽湖水寄情思

有一个美丽的传说,颇能勾起人们美丽的遐想:新疆的天池是王母娘娘的洗脚盆,喀纳斯湖是洗脸盆,赛里木湖是洗澡盆。我们倒是可以由此将新疆的三个著名的高山湖泊按大小个,依次排列。

遥想当年，古丝绸之路北道上的商旅们，怀着斑斓的梦想以及探险的兴奋，从古都长安启程，载满丝绸、茶叶、瓷器等东方宝物，穿越山川、丛林、荒漠，一路向西，向西……当他们饥渴难耐的时候，路遇这高山上的一块宝石，怎能不感到惊艳呢？那些古代岩画、乌孙土墩墓、清代靖海寺及龙王庙、碑刻、驿站等其他古迹，亦让人的浮想飞得更远：商驼队远途跋涉，停留下来在驿站歇脚避寒；风险莫测的路途亦让信徒们修庙膜拜，祈求吉祥；灵感大发之时亦会在岩石上创作几幅画，聊表心愿……

当年成吉思汗率军西征一路驰骋至此，补充给养，休整队伍，神兵点将，挥师北上，铁骑踏过之处，可曾也把这里一草一木的种子带到了更远的地方？赛里木湖这一目前游牧文化保留最为完好的地区，这片居住着蒙古族、哈萨克族、维吾尔族人的地方，当牧人骑着马儿、赶着羊群，从湖畔走向草原，从草原走向深山，寻觅那些水草丰美之所，企望那些殷实无忧的日子，赛里木湖就是一幅最美的画卷了。那种静谧的语境，虽没有驰骋疆场的壮怀激烈，却是人间最美的期许。

无疑，赛里木湖的深邃，同样与这些厚重的人文遗迹紧密相连。

我也无法想象，环抱在北天山山脉之中的赛里木湖，是7000万年前的喜马拉雅造山运动时期形成的！赛里木湖盆地的第四纪湖泊沉积记录了西天山的地貌发育和古冰川作用的全部历史，从中可以看到我国西北与中亚地区第四纪气候与环境的几个变化阶段，赛里木湖的重大科学考察价值可见于此。

站在这块古老的土地上，就像是一次穿越，阳光正好撒在开了一地的山花上面，彼此灿烂着。那是远古的遗留，还是今世的舶来？

我们被这遍野的花映照着。那种生命力量的集聚，让人感觉到了一种青春的气息，灌流心坎。淡蓝、浅灰、紫色、橙色、黄色、白色……这些花儿，每一种色彩或大片聚集，或零星独放。而整个草原，就是一座偌大的舞台，三两种花朵的小重唱，我们可以安静谛听；一群花朵的大合唱，我们就被点燃，融入花的行列，凑成一个音符，一起共振、和鸣。

与一朵花对视，在喧嚣的奔跑的人流中，几乎是一件奢侈的事情。当一片乌云遮住了明亮的光，花的世界暗下来的时候，每一朵花，并不黯淡。它在暗色的草地里，正好用了自己的本真的面容，颜色未被惊扰，花枝未被幻化，没有了阳光的重量，它也就不必太费力，可以平和地而非刻意地，呈现自己的模样。而我们，也可以不紧不慢地注视一朵花，而不是慌乱地被锦簇的花团缭绕，而忘却了静静地凝视。注视一朵花，就像注视一个久违了的友人，注视花瓣上隐现的脉络，芯蕊上细微散落的蜜粉，甚至一只细小的黑色的小虫的袅娜爬行,以及一只蝴蝶痴迷地伫立不动。注视它,隐去了时间的影迹,而只有花的存在。花开的声音我们已经错过,但我们依然可以在静静地注视它的时候,体会到由一朵花传递而来的生命的影像。我们还能随着风的方向,体悟花的气味淡淡地飘过来,飘过来,浸入我们的肺腑,舒展我们绷紧的神经,慢慢地融合,融合……当我们与眼前的景致融为一体的时候,内心的静谧也会慢慢到来。

看花,看云,看湖。

远古深厚的文化内蕴,叠加于眼前馥郁的自然美景,让这片土地,变得越发迷人。

于是,花的名字就不重要了,重要的是以一颗静谧的心去对语花的世界。

云在湖的尽头,在山的峰峦,招展、弄姿,明净的天空做底板,显露出云之洁白,柔软,看一眼,再看一眼,心被抚慰,变得柔软易感。

湖畔,一对白色的天鹅正从草丛里走出,身后跟着它们的天鹅宝宝,小小的,可爱的,一只、两只、三只……有六只呢!它们跟随父母,缓缓步入湖水,游动。这些小生命,在长大的途中,会撞见天敌,会遭遇病魔,最终,大体只能有一两只长大。而此时,它们并不知未来的模样,它们只需与亲人一起,惬意地生活,尽享眼前的美景。天鹅的身影理所当然地成了湖的一部分，让这片昔日的冷寂之地，忽然间有了生命的气场。

在明亮的阳光下面，湖水也成了淡蓝色，望向湖水，有些刺目，目光不能够长久停留，不似我初见时的冷幽。有鸟儿翩飞，有鱼儿游弋，有游人嬉戏，喧闹的声响四起。

尽管如此，再度凝视赛里木湖，依旧是波澜不惊。可谓小水弄波喧哗不止，大水丰沛到极致，便只有沉默。

在这里，可以尽情地、深深地呼吸，不带任何蒺藜，不存任何牵绊，直至有一种泪流满面的冲动涌来。

虽然我依旧是有些仓促地离去，我的心却还逗留在那里，长久地在那里逗留……

巧的是，几天之后，我收到的一个友人的短信，正好契合了一种物我相照之后的思索：

“只要有一颗安静的心，不管在哪里，我都不会觉得喧哗。以一滴水的平静，面对波澜不惊的人生！”

而我也想把聂鲁达的诗作作为我钟情于赛里木湖的一个理由：

《我喜欢你沉静》

我喜欢你沉静，仿佛你并不存在，

你从远方倾听，而我的声音却无法触及你。

仿佛你的眼睛已经飞离，

仿佛一个吻缄默了你的双唇。

正如万物充斥了我的灵魂,
你从万物中升起,来把我的灵魂填补。
你好似我的灵魂,一支梦的蝴蝶,
又好似忧郁这个词语。

我喜欢你沉静,仿佛你已远离。
听起来你似在悲叹,一只如鸽子哀鸣的蝴蝶。
你从远方倾听,而我的声音却无法触及你。
让我在你的沉静中默然无声。

让我用你的沉默与你交谈,
你的沉默明耀如灯,简洁如环。
你好似夜晚,伴着它的静寂与繁星。
你的沉默是月亮的沉默,遥远而明亮。

我喜欢你沉静,仿佛你并不存在,
遥远而伤感,仿佛你已死去。
那时,一句话或一个微笑便已足够。
我将会幸福,因那种虚幻而幸福。

卓娅,别名敖君。蒙古族。新疆作家协会会员。出版随笔、绘画散文集《卓娅随笔》《随风飘动》。现供职于新疆艺术研究所。目前在四川美术学院油画系学习。

卓娅

循着喀纳斯秋天的脚步

循着喀纳斯秋天的脚步

喀纳斯的秋天从树梢开始。

瞧那飘扬在树冠上的黑色的披挂，那风铃般摇曳在树杈间的金色的叶片，它们已经日渐稀疏了。已经有些凉意的阳光依然将树冠涂抹的金黄，犹如燃烧着的篝火。瑟瑟的喧哗从指间穿过，风没有留下踪迹，但是它将悄没声息地改变喀纳斯的肤色。

我左顾右盼，眼神在此刻显得有些匆忙。我从来都不是一个容易激动的人。但是喀纳斯的秋天却让我的心鼓荡起来，如同五月的风帆涨满了神奇和惊喜。

是的，风从指尖划过，如同时间在不经意之间溜走。我们经历了很多，但又似乎什么也没有抓住。而在这许懵懂之间，总有一些会沉淀下来，深深地藏在记忆的深处，喀纳斯就是这样的一个地方。它的美存在于你的想象之外，犹如音乐，犹如绘画，犹如梦幻，其间的美妙只可以在意念之中，在意会之中。面对于她的圣洁和静谧，任何的语言和述说都是苍白的，都是欠缺的，描述在这里会显得幼稚而蹩脚。那份宁寂、那份绝世的纯净、那份遗世孤立的处子的高贵、那份恍如幻觉的只存在于幻境中的真实，还有因为这些绝世的孤品所带来的丰沛，都在述说着一个真实的童话。

又是一个被雨声唤醒的早晨，雨点“啪啪”地拍打着，劈头盖脸，无所顾忌，如同从天庭里撒下了一把银币，没一会儿，雨就停了。在短促的急雨后，凛冽的秋风已经有了些微寒，我紧了紧围巾。虽然是秋天，但是湖边的晨风还是显得十分凌厉，空气似乎格外地透彻，像一把锋利无比的刀，无孔不入。我们住的欧式木屋在晨曦中非常漂亮，在冷寂的灰蓝的背景下愈发显得明亮，映射着浓稠的、金子般澄澈的光泽。有几头牛在悠闲地吃草，它们脊背上褐黄色的毛在晨光中发出十分柔和的光泽。我拾级而下，慢慢地来到岸边，却原来，我昨晚就住在离湖水还有“湖怪”不到一百米的地方。

它已经在眼前了，喀纳斯湖。这片因湖怪的传说而愈发神秘的水域。

湖边的湿气很重，白茫茫的氤氲之气在远处弥散摇曳。

一缕灰蒙蒙的凉意卷裹着苍松的清香袭来，薄薄的水波在微微地荡漾，不显山不露水。有种置身于列维坦的油画之中的感觉。我忽然觉得，眼前的巨大的灰幕不是水，而是一方丝绸，质地细腻而柔滑。它们被远处的手轻轻地掀起然后又放下并且慢慢地抚平。对岸那团柔和的氤氲之气愈发地涨大起来，这团水汽就如同一个巨大的棉花糖慢慢地聚拢着游弋过来，渐渐地由黏稠而稀薄，然后透明。我看到了对岸的房屋还有人，他们大喊着向我挥手，我也挥舞着双手大喊着回应他们，尽管我们根本看不清对方。湖边的倒影似乎被我们的喊声摇醒，一圈圈的涟漪荡漾开来，开始轻轻摇晃。

天开始放晴了，水面也愈加显得疏朗而辽阔。远处出现几个小黑点，它们飞快地游来，原来是一群野鸭。它们排列有序的方阵十分齐整，似乎是经过了严格的训练，它们前后错落，步调一致，在“队长”的带领下来到我的面前，然后又从我眼前折向右面沿着湖岸而去。它们高昂着头，神闲气定，从容不迫，俨然是湖水的主人。它们在清晨早早起床，清点家里的什物，巡视家园的周遭，并且向远道而来的客人问候和致意。而它们急急的脚步又像是要去开什么重要的会议，抑或是去赴一个严肃而格调高雅的聚会。望着它们高昂着头，急急而去的背影我笑了，是啊，它们当然是这里的主人。野鸭划出的水波慢慢地形成了一圈圈的涟漪，像电波一样无限放大，而那从云端流泻下来的碎银的阳光就在涟漪之中摇荡。那湖边的倒影中的屋子、树木、还有山，在此刻都被水波搅动起来，于是在湖岸又有了各种颜色的波澜，似乎有人在不经意之间将调色盘打破了，让所有的色彩荡漾在湖岸之边，山与树的倒影都在水波之中摇荡着，融合着。湖水越发的透亮起来。而当游艇在湖面游弋的时候，湖水已经由灰白转为了透蓝的一块碧玉，冰冷而坚硬，我甚至觉得那其实是一块巨大而真实的碧玉。她是如此地温润而精致，由内而外透射出饱满细腻的光泽，在这块巨大无暇的碧玉上，人可以在上面奔跑和舞蹈，而不会沉入其中。有一刻，我突然觉得我们的游艇是开荒的犁铧，所不同的只是我们需要开垦的不是土地，而是一块碧玉，那飞溅在身后的浪花只是激起的散银碎钻。而当我迈上1300级的木梯，攀爬到建在海拔2030米的哈拉开特山顶上的观鱼厅，从上往下看的时候，我发现湖水却是别样的色彩和别样的感觉，这个时候的喀纳斯，却变幻为一池黏稠而碧蓝的琼浆似的哈达，静静地缠绕着、护佑着喀纳斯峡谷的崇山峻岭。那份从容、那份淡定、那份纯粹、那份雍容，让你看不到岁月的痕迹，你会为她的年轻而惊叹。

喀纳斯秋天的早晨就是一个梦幻。瞧着那轻寒织就的柔嫚白雾，你会恍如置身于仙境，当浓雾散开将你卷裹在其中的时候，你的心也会被这份松软俘获，于是你宁愿自己是一只白鹿，微睁着迷离的杏眼，驻足于这一池黛蓝之岸，无论水中或者密林里蛰伏着什么，而在这一刻，一切都显得无关紧要，唯有那梦幻才是真实，那摄魂摄魄的静谧已经主宰了所有。走进喀纳斯其实就是走进了梦幻。

真的，喀纳斯的早晨就是一面镜子，它会将你心底所有的忧虑都劫掠而去，将尘俗荡涤的不留下一点痕迹，只袒露给你一个真诚的怀抱，让你撒娇，让你痴狂。

站在松涛里，你会觉得自己就是一棵惴惴不安的小松；站在水边，你又会觉得自己已经幻化为碧蓝的水珠；而当你躺在忘忧草的紫色怀抱里面的时候，你就又融入了神秘的紫蓝色的气息里，成为一朵迷人的小花；当你站在那怒放的金红色的野罂粟花丛中的时候，你就又变成那野性而妖娆的野罂粟了，在这一刻，那潜藏的、隐秘的、本我的野性就会开放出逍遥的花朵来。无论你站在喀纳斯的哪里，你都会融入其中，这就是喀纳斯的神奇，让你彻底地忘却了尘俗里的自己。而融入你心中期许已久的自己。

后来才知道了这个深卧静山形如豆荚的，由古冰川刨蚀而成的冰渍堰塞湖变色的秘密。喀纳斯水系源自于喀纳斯冰川，正是这个特质让它成为变幻莫测的“变色湖”。由于大量冰渍风化物颗粒悬浮于水中，而这些微粒在不同强度、不同角度的光照下，会反射出不同的光彩来。所以，无论是气候、季节、天气、时间,所有的这些因素都会让喀纳斯湖的肤色改变,甚至于天空、湖边的倒影、云彩也会增加它的幻彩,让喀纳斯湖成为一个真正意义上的调色板,而成就奇迹的画家却是大自然本身。

造物就是这么奇妙,让这么一个“幻彩的湖”隐在这样一个人迹罕至的绝世的深山里,也正是缘于人迹罕至,才葆有了这里的丰沛,也正是这些独异的特质才产生了“湖怪”。一方水土养一方人,如果把大红鱼等一些喀纳斯湖特有的物种放在其他的地方,我不知道它们是否还会有幸生长到可以被誉为“湖怪”的长度。我想,是喀纳斯的淳朴造就了喀纳斯的神话。

远望禾木村是一件十分享受的事情,那一间间斜尖顶的木屋,仿佛童话中的神秘小屋。

有些图瓦人的木屋在经年的雪雨的冲刷和风吹日晒下开始发黑,但是它们依旧传递着安详、温暖和富足的信息。

关于图瓦人来历的传说很多,有的人说他们是成吉思汗西征时候留下来的一支,有的说他们是从西伯利亚图瓦共和国迁移过来的遗民,众说纷纭。

新疆喀纳斯是图瓦人在我国唯一的聚居地。图瓦村位于喀纳斯湖南岸两三千米处的喀纳斯河谷地带,周围山清水秀,环境优美,是布尔津县前往喀纳斯湖旅游的必经之路。海拔1390米。

图瓦亦称“土瓦”或“德瓦”“库库门恰克”，历史悠久，早在古代文献中就有记录。隋唐时称“都播”，元称“图巴”“秃巴思”“乌梁海种人”等。在新疆布尔津县，阿尔泰山深处的喀纳斯湖区，生活着大约两千名图瓦人。图瓦人即是晚清《新疆图志》所记载的“乌梁海”人，世代以放牧、狩猎为生，居深山密林，沿袭传统的生活方式。有学者认为，他们是成吉思汗西征时遗留的士兵的后裔；也有人认为，图瓦人的祖先是五百年前从西伯利亚迁徙而来，与现今俄罗斯图瓦共和国的图瓦人属同一民族。

图瓦人的语言虽然属突厥语系，但是人种基因中却没有突厥血统，他们属于蒙古人种，大体被归为蒙古人范畴。图瓦(Tuva)是亚洲腹地的一个古老地名，大体上包括西伯利亚南端叶尼塞河上游河谷近20万平方千米的地区。图瓦的历史可以追溯到公元前3世纪－6世纪。13－18世纪时，图瓦处于蒙古控制之下。

乾隆二十三年(1758)，清军击溃准噶尔部蒙古军队后，图瓦归属满清统治，称“唐努乌梁海”，设四十八佐领(佐领是八旗制度的基层单位)。清同治三年(1864)，中俄签订《塔城条约》(即《中俄勘分西北界约记》)，沙俄割去唐努乌梁海西北部十佐领之地。清朝覆亡后，1914年，乌梁海成为沙俄的

“保护国”。俄国十月革命后，俄国国内战争波及图瓦，中国军队趁机收复乌梁海中东部三十六佐领，但很快被苏联红军击败，之后乌梁海东部九佐领决定归附外蒙古，中部则在1921年宣布成立“唐努－图瓦人民共和国”，受苏联保护。1944年结束独立，加入苏联。苏联解体后，图瓦于1992年成为俄罗斯联邦的一个共和国。图瓦人总数现有20万左右，约3万人分布在蒙古国境内。

图瓦人同源同种，不过由于历史的原因，图瓦人现在分为俄罗斯图瓦人、中国图瓦人、蒙古国图瓦人三种。

中国图瓦这支被称为‘云中部落’的、久居深山的古老部族，祖祖辈辈放牧狩猎。数百年来在这块安静的神仙福地沿袭着古老的传统与自然如此和谐地相伴，过着和祖先们一样的生活。

由于常年来过着几乎与世隔绝的生活，他们十分完整地保留了古老的宗族部落、宗教习俗。现实是，操蒙语和图瓦语两种语言的图瓦人与其他地方的蒙古族人一样，非常具有语言天赋，由于与周边哈萨克族的接触，他们普遍都会说哈萨克语。

信奉喇嘛教，萨满教的影响也有相当的遗存，他们祭天、祭地、祭山、祭水、祭火、祭湖、祭敖包。和我们所有的蒙古族人一样过春节，还有邹鲁节等。图瓦人比较大的节庆有3个，春节、敖包节和邹鲁节。春节是图瓦人比较隆重的节日，每当春节来临时，他们一个个身着节日盛装，欢聚在喀纳斯湖周围上，举行赛马、射箭、摔跤、滑雪撬等比赛。狂欢之后，要举行全村人的酒会，并由喇嘛举行诵经仪式。而敖包节又称"塔克恩"节，在每年的农历五月十三日。图瓦人的信仰虽以藏传佛教为主，但原始宗教对其也有较深的影响，他们仍保留了许多原始自发的自然崇拜，敖包节就是图瓦人祭祀天、地、日、月和大自然的节日。

邹鲁节即汉语的"燃灯节"，又称入冬节，时间是每年的农历十月二十五日，这也是图瓦人的特有节日，在这一天所有在外放牧的牧民都要回到村庄。主要是为了纪念活佛马盒卡拉逝世日，传说这位活佛活了125岁。

生活在喀纳斯的图瓦人，他们至今保存着1918年民国政府颁发的"乌梁海左翼左旗札萨克"银印。

图瓦人在节假日的时候穿蒙古长袍、长靴。居住的木屋用松木垒砌，有尖尖的斜顶，与瑞士小木屋很相像。他们以奶制品、牛羊肉和面食为主要饮食，日常生活中喝奶茶是必不可少的。其实这个习惯也是所有习惯于喝奶茶的蒙古族和哈萨克族人以及维吾尔族人的习惯，一天可以不吃饭，但是不能不喝奶茶，否则就和习惯于喝咖啡的人一天不喝咖啡会头疼一样，也会头疼，这个时候，一壶浓浓的奶茶就是最好的解药。有趣的是我在阿勒泰等许多地方遇到许多土生土长的老新疆汉族人也有早晨起来喝奶茶的习惯，他们不喝稀饭和糊糊，而是和蒙古族人一样舒舒服服地喝上一大碗奶茶，然后精神抖擞地去上班。

新疆图瓦人他们酿制奶酒，奶疙瘩，自给自足。近年来，随着旅游业的开发，图瓦人的观念也发生着变化，异族通婚的现象比较普遍。

据说图瓦男人一生要骑两匹马，二十岁的时候骑第一匹，四十岁的时候骑第二匹。从青年到中年到老年，男人们在马背上晃着晃着就老了。但是在这个季节里，男人们要比平日里稍显忙碌一些，就要入冬了，该准备一些过冬的给养。院落里的孩子通常一起玩耍，女人们会聚在一起擀毡、捻羊毛、谈天说地。她们的手里捻着羊毛，眼睛却永远追随着自己心爱的男人还有孩子。在大山里的艰辛让大家养成了彼此关照的习俗，一家的节日就是全部族人的节日，一家的悲哀也是全村的悲哀。更多的时候，是一家人或邻里几家围坐在炉边喝酽酽的奶茶，喝得通体舒透，望着彼此幸福的笑颜。

间或有用“笆达勒西”制作的楚吾尔的略带幽怨和伤感的呜咽声，从白色的栅栏里穿过绕上屋檐，然后漫漫消散在院墙的后面，随云、随风而去。那种略带沙哑的、悠远的音质与这些大山里显得有些木讷、迟疑的牧人的身形与品质极为吻合,有一种属于遥远世界的、深谷峡川的、穹苍流云的特质。

我在一个图瓦人的家里见到过楚吾尔,看起来非常的简陋,是用一种叫竺达勒西的植物的外壳,芯子掏空了后做成的,我怎么也吹不出声音,后来费了九牛二虎之力才吹出一个牛叫般的声音,逗的大家都快笑晕了。后来看了一些书籍才知道,这个乐器如果太粗了就不好吹,拇指粗细的刚好,否则气息不够就无法吹奏,难怪我会吹的那么费力呢。望着这个十分简陋的乐器我怎么也想象不出来那天籁般的旋律居然是由这个乐器吹奏出来的。

但是这个乐器的形制与日本著名民俗学家、音乐家鸟居君子于20世纪30年代在内蒙古拍摄到的照片上的乐器的形状非常的一致,还有莫尔吉胡老师于1985年在新疆阿勒泰地区山区内拍摄到的吹奏乐人图片上的完全一样。

据蒙古族著名音乐家莫尔吉胡先生在阿勒泰地区的田野调查论证,这个乐器就是蒙古族的古老的乐器胡笳。这种乐器通常是用红柳或者幼嫩的落叶松苗,也有用类似于芦苇的空心的植物制作。

在禾木的日子就像黏稠的蜜,看不到流动的痕迹。

在这里,时间仿佛停止了脚步,一切都显得不重要。在这个遗世孤立的大山里,所有的一切都是重要的,所有的一切也都是不重要的。看着天变换着颜色;看着草儿自由地舒展;看着自家的云飘去了大山的那边;看着水波与激起的浪花;看着那搅动水的鱼;看着门前的花一点点地绽开笑脸,;看着屋顶的炊烟如洁白的哈达般在屋顶缭绕;看着自家的男人和孩子还有媳妇灿烂的笑;看着铜壶里煮沸的奶茶的醇香溢满了松木小屋;看着围栏里的小牛吃草;看着半山腰上自家的马儿撒欢嘶鸣;看着鸟儿在和风中衔着鲜艳欲滴的浆果飞走;在醉酒的夜晚听“楚吾尔”的呜咽;在喀纳斯的篝火晚会上点燃松枝后狂舞;灌一口自己家酿制的奶酒;躺在齐腰的繁星点点的花丛里燃一支莫合烟;看着素洁的莲花般的云在没有边际的湛蓝天庭盛开、绽放,云卷云舒,然后莫名其妙地放开嗓门大吼一声或哭一场。呵呵——这个山里面可以看,可以想,可以念的东西实在是太多了,但是寻来思去,似乎这些最简单的也才是最为重要的。

这个季节,花已经基本退出了喀纳斯的舞台。凛冽的秋风剥去了花瓣柔媚的翅翼,唯有高大的防风、野胡萝卜的伞形花朵还在支撑着雪花开放前最后的绚丽,还有就是血红的罂粟在瑟瑟的秋风中坚持着最后的荣耀,而那芍药、柳兰、郁金香,还有勿忘我,都早已经灰飞烟灭,难觅踪迹了。

野罂粟的歌唱让喀纳斯的秋天变得有几分残酷而妩媚,那无以名状的摇曳如同佛拉门哥的舞蹈,让野性和艳丽铺满了山坡的一隅，在这奇丽的呼唤中，山风也变得格外诗意，在短暂的夏季还未有收起裙裾的时候，便举着彩色的画笔急不可耐地涂抹。

如果说夏花已经让喀纳斯几尽充盈，那么在秋曲唱响的那一刻，所有的色彩都爆裂了，那流泻的绚烂将喀纳斯的角角落落都没有拉下。红的、紫的、蓝的、绿的、青的、橙的，都高举着斑斓的彩旗，在光的引导下、在风的牵扯下奔跑、跳跃、欢呼。色彩的狂喜在这一刻得到最大的释放，他们将山、水、树木，将所有的一切都点燃。远山近水，层林尽染。

首先是一些星状的叶片由绿而黄，然后是一棵树被点燃为阳光的橙色，然后是另一棵树被相继引燃，这样持续了几天，风就改变了一座山的肤色。这些垂悬的星星笑吟吟地望着你，在微风中摇摆，向你展示在这个季节里最后的微笑。

他们还会窃窃私语相互传递着一些神秘的信息，他们会约定好在某一个午后或者是暗夜一起乘着风的翅膀逃走。

喀纳斯的每个叶片都是一个精灵，他们都怀着各自的梦想。

那留恋缠绵会落在自己家的花园里，那些怀着的梦想就会划着桨去了另一个地方，它们知道在沿途中会有很多的故事在等待。就如同我们的旅行总是怀着某种期盼上路，也许都知道最终的归宿还是原来的起点，但是那始料未及的清新却已经注满了心房，一场旅行让所有都充盈和新鲜。

是的，喀纳斯的秋天是绚烂的；是浓墨重彩的；是用色彩层层叠叠、细细密密地铺展的。

从脚下的落叶到湖水；到岸边的树；到树梢尽头的远山；乃至那大山顶端的云，还有天，无一不在这激情的乐章里流淌。尤其那金红、橙黄还有苍绿和碧蓝，在昙花的夏季后，将色彩的欢歌推向了欢乐的穹顶。

隔岸远望那河对岸的白桦林完全就是东山魁夷的画。

我站在松林中谛听簌簌作响的林木；谛听脚下松软的土地；谛听那依旧绿油油的岩白菜荜荜拨拨的舒卷；谛听落叶以及落叶与松果的絮语；谛听枝头上紫红的浆果饱满的情话；谛听野罂粟裙摆的簌簌脆响以及被我踩踏过的小草重新撑起纤弱的腰身时的埋怨和倔强，还有腐叶下小虫们的童话。我知道我可以听见它们，它们也可以听见我。

阿勒泰的李德华说还有10天就要封山了，可是我并没有那种紧迫感，或许是因为仍然有满眼的绿在延展着我们的视线，或许是其他的什么在饱满着我们的眼睛，除了早晚的凉我没有感到那种充满了伤感的、肃杀的意味。的确，风吹过的时候，就会让松林消瘦一些，让枝杈的轮廓明晰一些，但是我看到的依然是喀纳斯的丰沛和饱满。

在通往巴依那木的路上 |

一束光从云的缝隙漏下，撒在婆罗科努山脚下面，有浓重的云沿着山脊游走。

大片的骆驼刺，大块的石砾灰灰地散落在荒漠草原上。

虽然是盛夏的季节，但是因为缺水，这里已经有了些许荒秋的感觉。

据说早晚的时候，在这里偶尔可以看到野骆驼、鹅喉羚，还有“有人看到雪豹”的传说。

山脊上的光线很柔和，在山右面的尽头是一片澄明的瓦蓝，而在云起的左面却是浓云密布，混沌一片。

间或有一两间牧人丢弃的木质小屋，随着视线的游移远去。它们孤零零地守候着院落，等待着上山去了夏牧场的主人在入冬的时候归来。到了那个时候，这个屋子的上空就会缭绕着云絮的炊烟，有孩子的哭声，有铜勺敲打在茶炊上的迷人的声音，还有酽酽的奶茶的香味从窗子里溢出随着风的足迹飘到附近的人家，然后会有喝茶的邻居循着茶香走来，一整天的时间就会在一壶茶里消磨殆尽。或许还有酒，那样的话，收获就比一壶茶的内容要多许多，因为酒会把收藏在心底里面的所有的话语都一点点地牵引出来，那些泛着金子的故事，那些十分重要又一钱不值的话题都会源源不断地从心底的海洋流泻出来，然后引来许多的欢乐或者伤感。时间就在这样的点滴里面悠闲地划过。

灰色的光线中透着一种悠远，稍远处的大片的骆驼刺开始呈现一片片的绯红。近处则泛着些微的灰绿，沿着路边的一些花草的颜色则显得较为鲜亮，有些粉绿和苍黄在抢夺着人们的视线。

汽车撒着欢狂奔。

大山呈现褐黄色，而在山与山的交接处却氤氲着花青，一种蒸腾的靛蓝缭绕在两座山的夹角。

大片的云如浓重的棉絮，沉沉地伏在山上。越往山里走，骆驼刺也越来越大，也越来越繁密。间或会有一两棵树在眼前出现。然后一晃而过。

云越来越低，眼前的山已经呈现大片的青灰，云则已是混沌一片。路开始有些颠簸了。眼前出现一个河道,灰绿色的水如一条细细的带子,在卵石间蜿蜒。

山越来越近了,山脊上有一片片的墨绿,那是一簇簇的爬地松。

路已经延入了山里,是婆罗科努山,突然间密密匝匝的树一下子出现在眼前,一片郁郁葱葱的景象扑面而来。

山里凉,浓重的云抚过山冈,那山的顶端在浓云里时隐时现。望着被浓云包裹着的山,在一瞬间你会有恍如梦幻的晕眩。

大家沿着青石铺就的阶梯上山去了,我则独自留在山脚下,我知道山上的风光一定非常美丽,但是沟口处的景象已经让我陶醉了,我需要细细地品一下、想一下、感觉一下。我想保留住我对于巴依那木的最初的印象。江南在她的稿子中对于我没有上山是这样描述的:卓娅就是那种穿着红色的高跟鞋站在森林边上,向林子里张望的人。我十分同意她的观察,在生活中我就是这样的一个边缘人,远远地留居在尘世的边缘,给自己留些幻想的余地,我喜欢给自己、给别人留些空间,我不喜欢太满、太饱、太透、太熟、太尖利的感觉,对于所有的事物表现的太过、太贪的人也会让我害怕。

适才下过雨的草木还湿绿着。稀疏散淡的光从灰色的积云间散射下来,路边木栅栏里的油菜花淡淡的黄招摇在绿毯般的草地上，还有一些不知名的小紫花和小白花在沿路的石缝、树根、河道边摇曳，它们星星点点的美丽的光泽稀疏而灿烂，间或有一两只蝴蝶扇忽着白色或者紫色的翅膀在花丛之间缭绕，它们翩翩而来又姗姗而去。我注意到两只有着银色斑点的紫蝴蝶相互追逐翻飞，从一朵白花迁移到另一朵紫花，然后是一朵黄花上，它们翩然飞翔的羽翅闪着银紫的幽微的光芒，天呐，一只只的蝴蝶其实它们自己就是一朵朵飞翔的花呀。

在上山的石阶旁边的松树上拴着三匹枣红马，它们身姿矫健，体态彪悍，其中一匹‘恢恢’地打着响鼻，用前蹄刨着地面，似乎很不情愿被拴在这棵松树上，我久久地凝望着它的眼睛，感觉到一种忧郁，它不断地敲打着地面，那优雅的前蹄里充满了不羁。

不一会儿阳光出来了，在山脚缠绕的浓云消散开来，一些稀疏的云的影子在山脊之间游走，形成了巨大的阴影。山的面貌被云撩拨着，一会儿晴空万里，一会儿又阴郁绵绵。那些还没有散开的云絮依旧在半山腰间轻描淡写地缠绵，如同缭绕的长歌，松柏，还有蒙古包都被这轻寒织就的水汽卷裹在幻梦里。望着这些唾手可得的云絮我就在想：生活在巴依那木的牧人都是生活在一种梦幻里呀。望着或黏稠、或稀疏的迷离，你的心就会被一种柔软俘获，你会希望自己就是一阵凉爽的风划过巴依那木所有的树梢，你会希望自己就是那松涛中的一颗种子，在每一个春天的时候唱着歌醒来，你甚至会希望自己就是那片黏稠的含烟的云彩，迷迷离离地萦绕在巴依那木的心海。巴依那木的花没有那么的繁密，但是却如一个个的小精灵，她们或紫或白或黄色的身影在河边石砾或者树根的某一处角落，星星点点、兀自招摇而悠然自得。她们含泪的开放充满了羞涩的美丽，如果你仔细听，你一定会听到一种幽怨的、情情切切的话语，这个时候你就会被一种伤感击中，你会觉得你就是一匹马，或者一只小虫，或者是一朵花，你希望聆听，也希望被聆听。你会有一种振翅飞翔的冲动，一种歌唱的欲望，一种舞蹈的疯狂，此刻的你会被舒展的愿望俘获。或许这才是巴依那木的魅力所在，你会忘却了所有尘俗的烦扰，只想在巴依那木宽阔原始而缠绵的胸怀里撒娇、疯狂。

在巴依那木山的东面有两个湖，迭兰淖儿和闹干淖儿，蒙古语分别是“平安之湖”和“蓝色的湖”之意。亦称大海子和小海子。它们相距不远但是一个是咸水湖一个是淡水湖。

小海子闹干淖儿的水是深蓝色的，是个美丽的咸水湖。湖边的云杉静静地倒映在深蓝的湖水里将湖的肤色改变为墨兰。晚霞之中的淖儿更是在橘红的阳光照耀下呈现异样的美丽，嬉戏的野鸭和一些不知名的水鸟在金红的湖水里或者湖面上扑闪着翅膀滑过，那洒金流银的灿烂会让你瞠目，还有湖边的草丛之中随处可以伏拾的野鸭蛋会让你被一份惊喜击中。小海子在县城东南34千米处，因为路程不远而且交通方便，所以在夏天的时候来避暑的人很多。继续往东南不远处的大海子却是一个淡水湖，这里更是游人旅游避暑的好去处。湖畔的植物以苔草为主，山苛、山乳芸、绣线菊细细密密交错如织。浓重的云，白色的，从蓝色的水面上幽幽地滑过，恍惚间会有天空就在脚下的感觉。有鸟略过碧波如镜的湖面，荡起道道的涟漪，它们一层层地漾开，犹如铺开的巨大的雍容的蟒缎。水波渐渐地平缓下来，但是又有一只或者数只水鸟再次将平静的缎面般的湖水划开，于是又一轮的涟漪开始铺成，那些散金碎银的浪波再次喧嚣起来。若是用心聆听，你一定会听见那水声像金币和碎银的脆响。

大海子迭兰淖儿地处伊克组苏龙草原，伊克组苏龙草原翻译为汉文是大牧场之意。在它附近的伦黛敖包是一个十分古老的敖包，这个敖包修建的年份非常早，并且也是精河土尔扈特蒙古人在1771年1月从伏尔加河流域随着渥巴锡汗从寄居了近一个半世纪的地方回归故里完成人类历史上最后一次大迁移的见证，当时他们九死一生从伏尔加河回来的代价非常惨重，三万多户近17万土尔扈特和少量的和硕特人且战且走，被战争、疾病和饥饿等磨难在短短的半年时间内夺走了10万人的生命,只剩下了7万人回到了他们向往的"太阳升起的地方"。安置在精河的被称作西路旧土尔扈特,当时所属一旗为一盟,共有伯尔格斯、霍拉、勃斯、察哈腾四个苏木,约430户,近3000人,由渥巴锡汗的族叔默门图率领。乾隆三十六年(1771)封默门图为多罗贝勒,赐号济尔噶朗,授扎萨克,下属镇国公、辅国公各一人,乾隆四十八年奉召世袭。回来的人们虽然安定下来,但是当时所有人的心绪都到了无以复加的极为悲伤的地步,虽然得到了乾隆皇帝的重视,但是眼睁睁看到的、经历的、血淋淋的惨烈的伤痕不是可以轻易抹去的,精神上的伤痛还需要精神的医治。于是在盟主的主持下,向当时精神的圣地拉萨派去了"求医问路"的使者,拉萨的高僧指定了这块伊克组苏龙宝地为祈福消灾之地,于是在这里修建了回归后的第一个大的敖包"伦黛"敖包。现在随着道路的改建,这个敖包虽然已经几乎被遗弃,只有隐约的遗址,但是它所承载的历史却是苦难的、忧伤的、沉重的,也是不该和不能被遗弃的。它寄托了人们对于逝者的哀思,寄托着生者对于现世以及后世的希望。

值得庆幸的是精河的蒙古族土尔扈特人用他们自己的特有的方式在记录和缅怀着历史,那便是用长调这种最美好的形式在延展和记录。

精河的长调歌曲有别于其他地方的长调歌曲是因为在

有完整词曲记录的532首歌曲中有300首是歌颂马的歌曲。而这300首马的颂歌又和他们的迁移有关。这些长调歌曲是歌颂渥巴锡汗王和默门图的。默门图和渥巴锡汗王都是13个兄弟。为了歌颂他们的功绩，便有了13品相马的颂歌。因为在蒙古人的心目中马有着无上崇高的地位，马是蒙古人的翅膀、是男人的翅膀；马是牧人最忠实的伴侣。马成就了蒙古帝国的伟业，鸟飞不到的地方马可以到达，马是蒙古人运气的象征。蒙古人就是马背上的民族，马背就是蒙古人的家园、就是蒙古人的天堂。于是马这个无上荣光的词成为汗王13兄弟的代言词。

那个时候，苏木和苏木之间在秋收后会进行赛歌会，光是唱马的歌就要唱七天七夜。渥巴锡13兄弟和默门图13兄弟分别用13种颜色来代表，对一种颜色的马的各种姿态和品相的表述要有13种唱法，就是说13种颜色的马每种有13种唱法，以此类推，那么完整地唱完13品相马的颂歌得唱169首歌曲，才算一个完整的马的颂歌，这是一个套曲。

而一个赛歌会要比赛的曲目很多，有唱给父亲的、母亲的、兄长的、弟弟的、姐姐的、妹妹的、叔叔的、嫂子的、岳父的、岳母的；有唱给喇嘛的、神仙的、敖包的、山水的、故乡的、白云的、江河的、马的、骆驼的；有婚礼上的套曲，有祝福的赞歌，有颂扬坐骑家畜的。总之对待每一个身份不同的人和物有不同的歌,在不同的场合有不同的歌曲。

据说一个人晚上要唱100首，不能重复自己或者别人唱过的歌,如果不会唱至少50到60首歌曲就没有参加比赛的资格。所以一场赛歌会通常要持续10天到20天,比赛的时候规矩严格,连吃饭、去方便都有严格的规定,有专人监督。由于精河这边的歌曲丰富,所以总会在比赛中胜出。曾经有一个叫代代的老人是方圆几十里有名的歌手,他不但唱的好而且会唱很多的歌,曾经代表精河参加赛歌会拔得头筹。负责搜集整理精河长调歌曲的乔尔东先生和老中医斯·道尼特在讲到这些典故的时候充满了忧虑。斯·道尼特是位老中医,也是一位诗人,他的父母就是唱长调的民间歌手,他从小受到他们的影响,看到会唱长调的老人相继辞世,他着急了,凭着对民间文化的热爱开始搜集整理,在2006年4月,将在精河县传唱的有词有曲的歌曲基本搜集完毕。乔尔东曾经是精河县的领导,他自己就是一个长调歌手,从1982年在三牧场开始学唱长调,在看到巴音郭楞蒙古自治州取得“萨吾尔登故乡”的称号后受到启发,开始做这方面的工作,在他的努力下,现在精河县会唱长调歌曲的各年龄段的共有775人，他们还经常举行培训等活动,为精河县蒙古族长调歌曲的传承和弘扬而努力。目前城镇里的离退休人员,不但对原有的长调歌曲进行搜集整理,还创作了不少新的长调歌曲。那天我们有幸在人大吴主任安排的蒙古包里聆听到了乔尔东、居杰、善贝尔、吴主任、阔塔、阿·克西格泰、曲·道尔吉等一些民间艺人为我们演唱的长调，当《高高的赛里木》悠扬的旋律响起的时候，我的眼前立刻出现了赛里木湖水的跃动的浪波，还有鸟张着翅膀贴水滑翔。以及松林和云涛的舒卷，旋律随着山势的走向而不断改变，由底而高，或由高处滑落，迂回曲折、寻寻觅觅、或舒或缓、渐渐推进。蒙古族的长调完全就是对山、水、树、木、云、雨、自然的描摹，用声音来描摹。将自然的形态用起伏的旋律来描摹这需要怎样的造化才可以做得到啊。听说在巴依那木的山里有一位96岁的叫阿里玛的老太太，她长调唱得很好，因为时间关系没有听她唱歌的机会，甚为遗憾。

我坐在轻寒织就的松林云涛之间随意地放飞自己的思绪，并且品味着精河的点点滴滴。云像长调般地沿着山脊慢慢游走，我的思绪也随着长调舒缓的旋律抚摸着自然，那河谷，那山涧小溪，那战栗的花朵，就连那隐入云端的鸟的翅羽，都在长调的手指之间舒缓地游走……

上山的同仁们都回来了。从她们的言谈之中我知道了山上只有一户人家，他家的夏牧场就在山上，从照片上可以看到云就在她们的脚下，一个巨大的连体锅中烧煮着奶子还有肉，一位老额吉和一个年轻的女人在锅灶边忙活，她们和面作油饼，用蒙古族人最传统的接待方式迎接客人。我想这一天的经历足够她们说上几天的，也许可能已经很久她们家没有来过这么多的客人了，平常都习惯了在山上寂寞的日子。

望着她们安详的面容我的心里不禁浮起悠悠的长调，那种悠远和宁静；那种舒缓和坚韧；那种恬淡和忧伤，从云端浮起在云端消失；从心海浮起在心海落幕。长调唯有在草原这种广阔之中才会产生；唯有在致远的暗夜才可以体味；唯有宽阔的心胸才可以听懂。是的，唯有辽远才可以成就辽远；唯有博大才可以成就博大。

对于长居山里的牧人来说，这样的日子已经延续了很久，或许对于我们来说的寂寞在她们只是习惯，山里的人是习惯寂寞的。但是望着那梦幻般的云，望着那在含烟的水汽中招摇的小花，望着马和牛、羊还有自家的孩子，寂寞又会从哪里来呢？

上山的路十分艰难，而这户云中人家为什么选择了在这样高的地方放牧是我一直想要知道的。

回来的时候已经是下午了，当我们的汽车离开巴依那木沟口的时候，回头看到暮色中的巴依那木已经沉浸在一片靛蓝的氤氲之中。

阳光下的喀什

喀什是一朵绚丽的世俗之花朵。

当万物还沉浸在睡梦之中，魔法师般的太阳还忙着将最后的一抹青黛揭去，将橘红星星点点地涂抹在喀什的角角落落的时候，一个神秘的声音自艾提尕尔广场西侧清真寺的宣礼塔上空扬起、蔓延，飞向苍穹。这声音刺破黎明的帷幕，掠过城市的上空，穿过树梢翩翩的枝叶，划过土曼河缎子般银闪的河面，回旋于晨曦里氤氲的田野；这声音带着神秘的信息，来到每一个穆斯林绣花的枕边，将他们唤醒。那睡梦中的信徒犹如听到冲锋号角的战士，会随着这充满魔力的神秘的“召唤”在黎明的微曦里奔向清真寺，虔诚地作晨礼。

天渐渐地亮了起来，喀什的一天开始了。

沿街的店铺一间间地打开，随处可见的喷香的馕带着千百年来不变的模样从馕坑里一拨接一拨地烤制出来，散发着诱人的麦香；烤肉槽子生起了火，小伙计艾科白尔用一张硬纸板使劲地煽呼着点火，蓝蓝的烟腾起来，火终于被点燃了，他又忙着将一块块切割齐整的羊肉串好，码放在一边；乐器店的伙计木萨江吱吱嘎嘎地摆弄着自己制作的乐器，将一个个精美的都塔尔、艾捷克还有造型奇特的胡西它尔及许多叫不上名字的维吾尔族乐器擦拭的一尘不染；那烧制土陶的小伙计艾山江更是认真地揉搓着手中的'塞格子'陶泥，让它们变成一个个的花盆、陶碗、罐子、水杯等一些生活用具，据说，在以前甚至还有土陶的摇篮呢。穆塔利普一大早就带着一家老少还有要出售的土肥皂进城了，像他一样的业余商人在喀什随处可见。在维吾尔族人的传统中经商是有着相当长的渊源的，如果没有糊口的手艺，那么随便一个人就会成为商人。一把香菜、几个恰玛古、两碗酸奶、一筐干果，甚至几个葫芦或者一个南瓜，要么抱着一只鸡或者几个煮熟了的红鸡蛋拿一块布摆在路边，就可以了，他们甚至不用吆喝，只是静静地坐在那里。在作礼拜的时候，有些信徒甚至会全神贯注地望着麦加的方向祈祷，那个时候完全放弃了生意，就算我们要买什么，他们也不会回头看我们一眼，完全沉静在精神的禁地。还有一些老人坐在路边的摊子边，静静地喝着茶，在喧闹里、在尘土里、在阳光下十分安详，他们充满睿智的眼睛里散发出祥和宁静。他们褴褛衣衫下透出的优雅会让你以为你在和一位血统高贵的哲人相对，而他们一生的积累和一个哲人穷尽一生的思索与顿悟又有多少的区别呢。就连那穿着百衲衣的著名的喀什乞丐也是那么的高贵，他们在路边击打着萨巴依，唱着木卡姆忧伤的曲调，那激越、那投入会让你感动。

著名的东门巴扎更是在正午的时候将喀什的热烈推到了高潮，那绚丽的艾德莱斯绸、精雕细琢的巴基斯坦铜器、制作精良的土耳其地毯、散发着浓郁佛教色彩的印度香料、精巧别致的英吉沙小刀，和田美玉、雕刻精美色彩艳丽的摇篮、木勺等木具、镶银包金的皮具、雍容华贵的中亚皮草、图案绮丽而繁缛的披肩、丝巾、绣功了得的各种花帽都在阳光下散发着特有的夺人眼球的光芒。舶来品和本土产物非常和谐地挤放在一起。而那甘美的甜瓜、散发着诱人香味的烤肉、烤鱼、烤包子、一咬一口油的薄皮包子、金黄喷香的抓饭、让人百吃不厌的维吾尔族拉条子，都在强烈地诱惑着每一个经过的人。还有土法炮制的冰淇淋、凉粉、酸奶刨冰和鲜榨石榴汁，更是考验着游人的意志，如果不加控制，你会在不经意之间把自己吃的鼓鼓的，而眼睛还在留恋。你会发誓再不吃了，但第二天你依然还会将自己的肚子吃的鼓鼓的，撑的难受，然后再次发誓。只有这个时候你才会领略要命的喀什美食是如何的让人不可抗拒。

热情浪漫而神秘阳光下的喀什，是一朵绚丽的世俗之花。

她不但拥有源远流长的完整的精神体系，她同时还是一个与神仙同在的城市。“一个巴扎三个麻扎”是对喀什最简洁的描述。一个巴扎是指的喀什最著名的东门巴扎，而三个马扎则是《福乐智慧》的作者玉素朴·哈斯·哈吉普、《突厥语大词典》的主人马赫穆德·喀什噶里还有具有传奇色彩的香妃的陵墓。

著名的东门巴扎是一个具有悠久历史的巴扎，在这里可以买到土肥皂，还有土印花布和桑皮纸、天然颜料等一些稀罕之物。天然颜料用小小的塑料袋子装着，价钱非常的便宜。

位于多来特巴格乡的玉素朴·哈斯·哈吉普的陵墓依旧气势恢弘、威严地耸立在土曼河边，因为《福乐智慧》，作者流芳百世，而且《福乐智慧》对于研究11世纪中亚社会具有重要作用的。《突厥语大词典》的作者马赫穆德·喀什噶里，虽然他的身世坎坷，但他为后世留下的这部巨著让历史记住了他伟大的名字，这位出生在喀喇汗王朝首都喀什噶尔直属的乌帕尔乡阿孜赫村，毕生从事科学文化工作，在突厥民族生活的城市和乡村进行了深入而细致的调查，广泛地搜集突厥民族的语言以及它的特点、族源、历史、地理位置、文化与风俗习惯等方面的资料，并进行科学研究，终于在1072年至1076

年，撰写完成第一部阿拉伯语与突厥语的对照词典《突厥语大词典》。

还有就是位于喀什城东5千米处浩罕村的，具有传奇色彩的阿帕克霍加墓(也就是香妃墓)。虽然在这里葬着的是阿帕霍加五代72人的遗骨，这个作过乾隆皇帝妃子的香妃仅是阿怕霍加的重侄孙女，但是在民间已经习惯用她的名字来称呼这个显赫家族的陵墓。在大门内的左侧摆放着她当年用过的轿子还有灯。据说这个皇妃曾经以“银子的枝干金子的花朵”来描述她的家乡的沙枣树的美丽。

人们把喀什老城称呼为喀什噶尔的灵魂，它代表了这个城市古老的过去。据有关资料显示，喀什古城，原称疏勒，至今已有两千多年的历史。最早记载于西汉时张骞所记的古疏勒，古疏勒城位于今天喀什市内南边盘橐城所在地，也叫艾斯克赛尔古城。唐朝时曾设疏勒镇，但是，故址在今天的喀什市东二十多千米处的汗偌依古城，有莫尔佛塔为证。恰萨和亚瓦格所在地的喀什古城应是喀喇汗王朝王都的遗址，距今有八百多年的历史。走进老街巷，在约两平方千米的范围里，上万居民聚居叠住，两三百条巷道交错密织。喀什噶尔老城，是目前喀什保存比较完整的、伊斯兰特色显著的迷宫式城市街区。

在巷道里，据说宽一点的地方可以走驴车，窄的则只可以容一人通过。街巷长的有六百多米，短的只有五十米就到了尽头。街巷东转西折，南弯北错，迂回曲折，巷道两边的民居屋舍非常有特点，一般人家都在有限的平面上，盖起两到三层甚至是四层的土木结构的小楼，有的向下延伸，建成地下室。客厅、居室皆由木质扶梯、楼梯联结。

喀什老街巷的名称几乎都沿用维吾尔语旧名，且各有含义。像恰萨街道办事处的亚格巴扎，意为粮油市场；阔孜其亚贝希，为土陶工；而再格来巷，则是金银匠聚居处；属亚瓦格街道办事处的“布拉克贝希”巷，“布拉克”，在维吾尔语和蒙古语中意思相同，均是“泉”。

喀什高台民居是现实里的幻境。

走进位于喀什老城东南端这个长八百多米，高约四十多米的高台民居，就犹如走进中世纪，那幽暗的门洞下走来的、蒙着褐色面纱的白瓷般的少女那忧伤的眼睛，会将你拽入一种静穆、伤感、凝重的情绪之中。阳光在角角落落里零零散散地躲藏着，一会儿移上高台的花枝，在葡萄、石榴、夹竹桃上面流连；一会儿又流泻在狭小院落中的某一处，总之她始终在游移之中。古巷里的时间就如同流动的水在这游移的阳光中一寸一寸地流走。一个古丽，无数个古丽，就这样无声地在这岁月里、在黄泥的城堡里出生、成长，然后静静地老去；一个艾山江，无数个艾山江曾经在这个小巷里奔跑，然后在黄泥的城堡里长大，娶妻生子，最后在某一个黄昏抚着及胸的白须望着院子里奔跑的小孩，从他们的身上看到自己。

走在迷宫的小巷里，更多的时候好像是走在一种影子里，那影子的墙或横或竖或左或右，被一只手随意地摆放着，而最不可捉摸的是那不确定的方向始终牵着你向前、向前、再向前。一个个雕花的木门，一个个幽暗的巷道，忽然出现又忽然闪开，我们就这样被一种无形的神力吸引着在巷道里梦游般地漫游。

封闭的门、半开的门、敞开的门、挂着帘子的门都在以古老的语言向门外的人们传递信息，向路人提示着是否可以进入，什么样的人可以进入。彩色的门，原木的门，镶嵌着不同数量和各色铜片的门，华丽和简朴的门，都在以特有的语言告诉外人这个门背后的故事。有很多的时候，我们徘徊在一扇原木雕花的木门后面，望着精美的雕刻花纹，忐忑着离开，很多的时候我们不敢贸然闯入，怕我们自己编织的梦幻的宫殿会突然清晰地自高空掉落下来，摔碎在我们的脚下，它们离我们是如此的近又是如此的远。

有的时候，我们会轻轻地掀开帘子的一角，看到石绿色的夹竹桃、洋红或者深紫色的月月红、玫瑰红色的月季，雕梁画栋的门楼上陈旧的花纹，还有院落里忙碌的身影。当我们撞上温和的笑脸，我们会大胆地挑开帘子走进去，以充满好奇的眼神横扫所有，并蜻蜓点水地瞎聊几句，然后满足地离开。出来后，我们也不知道我们究竟满足在了哪里，难道仅仅是一种差异？一种好奇？一种对探究的满足？一切都在我们的眼前，一种强烈的世俗的美丽带着金色的光环幽暗地呈现。

喀什是我的出生地，三岁的时候离开，三十年后第二次去喀什。一切都是那么的新鲜，但是却没有陌生的感觉。望着人们温热的眼神我知道我们不会陌生。

我徜徉在这个历史悠久的古巷里，有一刻，居然望着角落里炫目的光陷入了恍惚的冥想状态，就如我平常在绘画之前让精神游离一样。在那里，我忽然看到喀喇汗王宫极尽奢华、金碧辉煌的庭院，看到混血的王孙贵族还有树荫下美丽的嫔妃，听到她们衣饰的环佩叮当，还有那个时候的天空和鸟鸣，甚至我还嗅到千年前的花草的清香，在冥想的最后的一刻，我甚至看到冲天的洪水载负，卷裹着连根的树木、镏金的家具、以及人和动物的尸骸，将这个长约一千多米的高崖冲为两半，那种果断，犹如一把自天而降的锋利的斧，将一个鲜活的手掌切断。洪水之后，一个整体的高崖变成了两个，一个在北，一个在南。而在以前，在高崖的南面居住的大多是工匠和手工艺人，而北面，则是王公贵族、富人们的聚居地。

小巷继续延伸，不知道它的尽头在哪里，间或看到一两只鸽子从小巷缝隙中的天空飞过，转瞬即逝。

每隔几个街区就可以见到一个小巧的清真寺，它们风格基本统一，有着洋葱的尖顶还有弯刀般的月牙。

在古巷里见到了修建于19世纪的阿热欧尔达清真寺，它古朴而简约，在不经修饰的古拙中隐隐透着一股大气，一种不释张扬的尊贵和威严让人莫名地就产生了敬畏。在门洞里的墙壁上有着一道道手指的抓痕，那是求子的妇女们留下的，她们会带着虔诚的心将具有神力的泥土当作神药喝下去。守寺人阿不都·克里木默默地将厚重的、已经失去了原色的木门打开，一进门，我们便被首先映入眼帘的一棵百年无花果树迷住了，它阔大的叶片郁郁葱葱，开满了白色的花朵，它就站在入门处的天井里，小小的土梯从它的脚下延伸，它像一个守护寺院的精灵，那抹葱绿给古朴、典雅的寺院带来了一丝灵气。

我们就顶着它的绿荫、带着敬畏的心情，小心地摸摸已经斑驳得分辨不出原色了的木门，又小心地爬上土梯，那木柱上花纹繁复，而雕刻精美的花纹再次将我们征服，虽然颜色已经退去。大家都是那么的兴奋，又在压抑着自己不敢大声说笑，我们甚至被自己的虔诚所感染和感动。

我们继续向前，然后发现这扇门我们适才见过，才知道我们又转了回来，就这样，转来转去，似乎始终转不出去，后来知道了在这个不大的空间里居然有二十多条纵横交错的小巷的时候,我们才明白为什么始终转不出去的缘由了。但是熟悉巷道的人都知道，每一条巷道都通向同一个方向,那便是神圣的艾提噶尔广场,是所有穆斯林精神的归宿地。

那些个从低矮的“过街屋”下面走出来又匆匆消失在巷道里的披着棕色披巾的女人;一些在小巷里奔跑的、花朵般阳光的孩子;坐在雕花的门外绣花的黛眉深目的女子;还有那些神态安详、目光睿智的老者,都如一帧帧生动的老照片,“啪啪”地喧响着摆放在你的面前,又很快消失了踪迹,让你在不真切的体味之中恍如置身梦境。

走进喀什，如果不进入高台那么你就不算真正来过喀什,或者说你没有摸到喀什的真实,如同与一位蒙面的女子擦肩而过,并没有看到面纱后的颜容,那是一种缺憾。

站在老街里就犹如站在历史的某一个瞬间里,你能在这一瞬间听到喀什古老的脉息:一种惶惑、一种伤感、一种欢乐、一种暗流下的热烈、一种阳光下的骚动、一种可以触摸到的游离于精神国度里的真实。而曾经童话般停留在你想象中的沙漠绿洲、清真寺的尖顶还有弯月都会幻化为一股柔嫚忧伤的音乐从你的心尖流过。

喀什,喀什噶尔,这个有着各种传奇色彩的城市。

这个曾经在五代建立过强大喀喇汗王朝,又在10世纪成为中亚伊斯兰教中心的古城；这个在1218年成为蒙古帝国成吉思汗次子察和台领地，又在1514年成为察合台后裔萨义德汗的叶尔羌汗国统治中心的、一直以来都位居东西方文明交汇点的城市，以她的豁达、神圣，包容纪录并保存着所有的一切。

无论是穿越数百年的艾提尕尔清真寺里面那绿色的雕花木柱、恰萨古巷幽暗的通道、巴扎上的尘土与嘈杂、香妃墓精美繁复的琉璃、莎车王妃阿曼尼莎汗流芳百世的《十二木卡姆》、麻赫穆德·喀什噶里的《突厥语大词典》、麦盖提激越的刀郎、人民广场上的大红灯笼、伟大领袖毛主席的汉白玉的雕像和广场上的萨玛舞蹈，都紧密地穿在喀什的项链上，不可分割。这就是我眼前的喀什，一个俯卧在历史基业之上有着完整精神体系的城市。

我们离开喀什之前又去了一趟人民广场，毛主席的汉白玉的雕像在喀什明丽的阳光下显得格外耀目而高大，主席威仪而慈祥的面容是那么的熟悉，在他面前的巨型灯笼没有了夜间的艳丽，但是那古雅的格调却是别有一番感觉。

我去过不少的城市，但是像这样纪录了一段特殊历史的广场却是很少见到。从这个广场可以看到喀什人民对伟大领袖毛主席最为真挚而朴素的情感。

见到几位白髯及胸的老者坐在石台上，有鸽子咕咕地在他们的脚边啄食，一个调皮的小女孩在一股细细的喷泉下跳跃着，那被水柱喷溅后惊喜的样子，可爱的犹如一只甩水的小天鹅。

后 记

记得我们刚到喀什那天，一位当地的老先生遗憾地对我们说：“你们晚来了一步，如果早一天到达，将会看到非常壮观的一面。”那就是在艾提尕尔广场上的礼拜还有激情的萨玛舞，那几万人跪在广场上黑压压的一片，然后旋风般地舞蹈，那个宏大场面的震撼力是没有见过的人想象不到的。老人述说这个场景时是那样的动情，他所表现出来的激动，让我由不得不相信，我们真的是错过了，而我们错过的不仅仅是一场盛大的集会，可能更是一种精神的洗礼。当我问他有没有想过要回老家的时候，他诧异地反问我：“为什么，我在这里生活了几十年了，我的家就在这里，我哪里也不去”。

是啊，遗憾真是无处不在，我只能在幻觉里感受萨玛的激情还有礼拜的虔诚了。在那一刻我似乎抓住了喀什的手臂、听到了喀什的脉息、感受到了喀什的热烈。哦，喀什，我的喀什，我神秘的出身地，这个在我的梦里出现过无数回，这个与我的生命有涉的地方，这个几十年来一直让我感到亲切的城市，终于在这一刻与我心灵深处所暗自描摹的画面相印证、契合，并且重叠的纹丝不差，在这一刻我似乎真的理解了我的喀什。

但是，当我偶然在摄影师沈桥那里看到艾提尕尔广场上万人礼拜的图片的时候，我的心还是被强烈地震撼了，那种场面对于心灵的敲打，真的是无法在幻觉里实现的。

库车巴扎记忆

早晨六点钟的时候醒来，看到窗外灰蒙蒙的，还有随风摆动的树梢以及疏落的无名的花朵，心里似乎也蒙上了一层尘埃。那种淡淡的疏离感再次袭来。南疆的天除了在正午，很多的时候，都笼罩在一片蒙蒙的灰雾里。灰的天、灰的地、灰暗的叶片，还有灰暗的眼神。

我们茫然地行进在库车老城血脉般伸展的幽深的古巷里。

淡青的桑葚、白杏、石榴、无花果、葡萄、苹果都在人们的视线以外悄悄地生长着。

掩映在茂密树荫下的一个个干净的黄泥土屋，一扇扇彩色的雕花木门，一座座设计精美的清真寺，依旧以千百年前的姿态保留着昔日的风貌。

一个在湿绿浓荫下玩耍的着红衣的小男孩睁着无邪的大眼睛将他灿烂的笑容呈给我们。我望着这个在深巷里奔跑的男孩,看着他身后面色憔悴的大人,忽然又想起被晨风摇落的灰暗花朵,心里不禁揪痛起来……

当我再次回眸,我们已经走在龟兹古渡喧嚣的马路上,一群花枝招展、香艳美丽的少妇香喷喷的走过,耳边插着艳丽的花朵。她们羞涩的笑比她们耳边的玫瑰花还要明亮、还要诱人、还要令人回味。这又让我想起我生活的都市里一些半大的男孩女孩,在街头、在路人的面前旁若无人地接吻拥抱。城市的开放与乡野的蛮荒究竟哪个更接近文明?这个问题常常让我疑惑。

天刚亮的时候,赶巴扎的人们便从四面八方潮水般地拥来,成千上万辆披红挂绿的驴车、马车一辆接着一辆浩浩荡荡、热热闹闹地载着干草、柳筐、干柴、摇篮以及各种的木制品,还有水果、干果、馕、铜器、陶器,扬着灰尘拥入河滩和街市,此刻他们脸上洋溢着比太阳还要炽热的欢乐。

一位老者在卖掉了自己的小毛驴后,极不舍地抚摸着那个灰色的似乎十分懂事的小家伙,那个有着温顺眼神的小家伙也是左右摇晃着脑袋,"吭吭"地打着响鼻,似乎对主人的决定极为不满。老者十分痛苦地将钱还给买主,但是买主却死死地抓住毛驴不肯松手,他们的交易进行得十分艰难。老者说,要不是为了给老伴治病,说什么也不会卖掉这个调皮的小家伙。农民和牧民对待牛呀、羊呀、狗呀、马呀的感情丝毫不会比对待家里的孩子差。

两个颤颤巍巍、病恹恹的老太婆,坐在河边的石阶上,她们很勉强地笑着,好像稍微用力地大笑一下,浑身的骨头都会散架、离她而去的样子。她们每人面前摆放着两碗酸奶,卖完这两碗酸奶,她们一天的交易就完成了,当我给她们身边的孩子拍照的时候,她们拉住我,要我给她们俩也拍,我将拍好的图像给她们看,她俩张着没牙的嘴笑得像两个羞涩的小女孩。

一个有着玫瑰花般艳丽容貌的女孩坐在干草车上,她羞涩地望着我,我不知道她是谁,我只知道她将在落日的余晖里坐着干草车,随她的父母回到一个我可以想象到的灰暗的屋子里去,继续她从前的生活:做饭、打馕、洗衣服、种田、放羊……在她的族人留下的余荫里,像一棵树一样地老去。她的艳丽的花容会随岁月的流逝而不在,她春柳般柔软的腰肢将承担生活的所有重负,她垂腰的青丝将褪去青黛而转为苍苍的白发,她泉水般荡漾着欢乐的双目,将如失水的枯井失去光华。她真的会像一棵树一样老去,同她院子里所有的花花草草一样,在繁琐的家务里、在不经意之间、在一个男人的眼神里走完她的一生吗?

不时有驴车、马车纵横而过,扬起阵阵的黄尘,他们在大桥下面的闹市里找到一隅跻身之地,便打开带来的酸奶、馕一边吃着一边聊着,一边做着生意。

几个女人挤在一辆马车的大轱辘下相互端详着戒指、耳环、项链、手镯、扎头的梳子,还有丝巾、衣裙,还有脚上的皮鞋和袜子。她们似乎不是来进行交易,而是来展示一下自己,或者看看熟悉或不熟悉的面孔。

几个小伙子挤在一辆漂亮的马车上,他们是附近乡里的农民,在巴扎上认识并且成为了好友,每个巴扎日都有说不完的悄悄话。当我走近他们,他们都十分羞涩地转过脸去,很不自然,表情尴尬,我的大胆似乎打搅了他们的安宁。当我走过,他们又偷偷地打量着我,当我用维吾尔语同他们攀谈,他们立刻就放下了尴尬,他们除了种田,有的打柴来卖,有的编柳筐,有的是制作土肥皂的。

看他们懒散的样子,交易似乎是无关紧要的,在巴扎上相互看一眼,感受一下相聚的快乐,似乎才是赶巴扎的主题。

在下午回去之前,他们会去吃上一碗凉粉,捎带两串烤肉,外加一个烤包子,便好像进入了天堂,浓浓的幸福完完全全地写在脸上。优哉游哉地赶着驴车乐颠颠地回去,回到他们温暖的黄泥土屋去,等待着下一个人吆马嘶的热闹非凡的巴扎日的到来。

至于在下一个巴扎日里，谁来了谁没有来，谁去了哪里，谁都无从知道。尘世的一切不过如此，谁也不知道明天会是什么样子的。

我从一家古董店里淘到了一件骑士茶壶，八字须，敦实厚重的肩膀，遗留下来浓重的草原文化让我一见倾心，于是毫不犹豫地就买下来了。

回去的时候，遇到了以赶“驴的士”为生的赛买提，一路上聊着回去，他的祖上没有传给他糊口的诸如打铁、木匠、编织等手工技艺，一家十口人只能守着一点薄田，于是在农闲的时候，他就赶着“驴的士”满街跑，一天挣个五元、十元的。像他这样靠着一辆驴车养家的人家，在库车的老街随处可以遇到。起初我们在谈价钱的时候说好是两元钱将我们五个人拉回来，但是在我们到达目的地的时候我硬是多给了他10元钱，他睁着惊喜的眼睛有点不敢相信我会额外地再给他10元钱。他的晒得黑黑的、瘦瘦的脸笑得像一朵黑色的菊花。这10元钱对于我们来说或许就是两瓶水，但是对于他来说这就是10个馕。

黄昏一点点地压下来，赶巴扎的人们又潮水般地退去，星星出来了，月亮出来了，龟兹古都又沉入黑暗里。这个热闹的集市就这样在喧嚣中又如一个个往昔的日子过去。

另一个阳光灿烂的下午，我们又来到了河边，远远地便看到几个光屁股的小男孩在河边的尘土里玩耍，他们一会儿跳进水里，将河里的鹅追得嘎嘎直叫，一会儿又扎进混浊的水里胡乱地游几下，然后爬到岸上，将自己埋在沙土里。金色的阳光温暖地照在他们的身上，他们的快乐极大地感染了我，我知道对于我以及我的同伴们来说这样无忧无虑的日子已经永远不再，只能在心里暗自羡慕。看着他们欢乐的笑脸，仿佛看到库车的容颜。

郁斯尧，生于新疆，长于新疆。现供职于某媒体，以热爱文字的心态行走，疏于书写，偶有只言片语问世，以文字作为与眼前世界对话的方式。

郁斯尧

有此倾城好颜色

过去心不可得，现在心不可得，未来心不可得—《金刚经》

山花的地标

裕民，一个从出现在人们的视野就与山花相连的地方，依偎在新疆西北部巴尔鲁克山下。远在公元前六七世纪，古老的呼揭部落及塞族人就在此游牧，距今3500多年的巴尔达库岩画上人们放牧，狩猎的场景及与用夸张的手法表现对生殖的崇拜图案，正是此地悠久历史的见证。从巴尔达库岩画所在地的山顶，极目放去，四野葱绿如毯，那便是著名的吐尔加辽草原，它低缓的丘陵坡地，每年从春到夏持续百日的草原花期，被誉为新疆的“空中花园”。新疆山花众多，如裕民这般集中国野生巴旦杏之乡、中国无刺红花之乡、中国蓝花贝母之乡、中国野生芍药之乡、中国锦鸡儿花之乡、中国野生郁金香之乡于一身的并不多见。

五月初，告别乌鲁木齐灿烂的阳光，一路西行而去，去寻裕民最美的花事，这也许是新疆暮春之际最好的追寻。因为，谁也不知道有什么会等在人生的下一路口，才值得让我们千里迢迢地向这样的目的地奔去。

走在高速公路上，路边的戈壁滩上分布着一片片的麻黄草，这个季节的麻黄草每一根细嫩的枝条上都挂满了星光般的小黄花，远远地吸引了路者的视线，它们从路边一直向远方铺展成无边的花海，掩盖着戈壁的荒凉与落寞。过额敏县时，正痴迷于天空中变幻不定的云朵，那边一片茂密的马蔺草若紫云般浮在草场上，引起了我们的惊叹，而那更远处夕阳西沉的地方，吐尔加辽草原的花海，需要用更柔软的心去抵达。

芍药谷断想

一

为了捕捉到吐尔加辽草原芍药谷最美的那缕阳光，早晨

5点钟便起床,在蓝幽幽的晨光中向塔斯提景区进发。车打出的光路,划破了塔斯提河谷的静谧,我忍不住从车内探出头,任凭阵阵清凉的空气,醍醐灌顶般地洗濯身体。隐隐绰绰中看到路边的牌子上写着十一连字样,这让我想起一位烈士孙龙珍,此刻她正长眠于离此不远的小白杨哨所的山脚下,她当年为之战斗的地方——铁列提克河正缓缓地流淌在祖国的版图上。“斯人已逝矣,托体同山阿”,陪伴她的还有这年复一年开放的山花。

二

趁着同行的友人调整机位的时候,我爬上了丘陵的顶部,这里已经被种上了一垄垄的麦子,麦苗长得有食指般高。从丘陵的缓坡到底,正是密密麻麻丛生着的芍药花。这种艳丽的花朵此刻正在沉睡,它低着紫红色的头,闭合着花瓣,全部向着太阳升起的地方祈祷。我突然生出些惶恐来,我的脚步声已经惊醒了草原的酣梦,甚至是打破了芍药花保留了一夜的矜持。太阳还没有升起来,它们在山谷的阴影中继续沉默着,而我满怀心事,忧心忡忡,步履沉沉地,那正是这种花儿最密集的地方。

友人在静静地等待着光线的出现,早已支好三脚架,架上等待按下快门的哈苏相机,反复测光的测光表……终于,太阳从山谷那边探了一个头，迅速用光笔涂抹起整个草原，巨大的光影攻占了一座又一座的丘陵，光到达的地方清脆的鸟鸣，虫儿们苏醒的呢喃声，叶片的抖动声像潮水般淹没了我所有的感官，“出门相送有修竹，为君夜夜送清风”妙感萦绕周身。有时，人也许应该试着忘记那个非“我”，将内心那些缠绕的藤蔓一一剔除，回到最初的自己，那样就可以聆听到花开的声音了。

三

当阳光移向芍药谷时，它的每一丝热度都肆意地点燃了这片山坡，那些含羞不知所措的娇嫩之瓣，突然变成了无数双晶莹剔透的羽翅，千千万万静穆的羽翅又幻化成千千万万只展翅欲飞的蝴蝶，眼睛已经分不清混在光线中的植物，不论是车前草、金芥、绣线菊、伞状的苏尔芹、鹅黄的准噶尔大戟……这是光与吐尔加辽草原一天中最初的相遇，而我只碰到它几千年来轮回的这一次。噼啪响起的快门声像雨声惊走了我的神游，花丛中正走来一位美丽的女子，纤弱的手臂盈盈不堪一握，在芍药花的映衬之下，一袭白色长裙飘过之后，逶迤着解不开的谜团。她因何而来，又因何而去，她轻蹙娥眉若有所思。这让我想起了，有人在看到喀纳斯的花海时写道：“你目迷五色、内心干渴，却又无限的轻盈、充满活力，这时，你会想到爱情、你开始相信爱情”。也许此时，这位女子也正怀着这样的一份美好走向远方，走向时间的深处。

四

谷底完全暴露在阳光之下了，每朵花下都忙碌着更多的生命，一只褐色的大蚂蚁匆匆地爬过我坐的地毯，那上面残留着我刚吃过的馕的残渣，这正是它与族群下一顿的美食。它不辞辛苦地搬起一块饼渣像胜利者一样奔走，钻进了串珠老鹳草淡紫色的花丛中。一只黑色的壳甲发亮的家伙，不知天高地厚地挡在了土路上，它挪动了几步，似乎在寻找最佳晒太阳的位置，而它头的上方一位曼妙的女郎正打着花折伞，沿着花路徜徉而下，随风而起的纱裙正在与打开花苞的芍药争艳，随着人的前进，“黑家伙”被笼在了人影中，它奋力地向光亮处爬去，它可不能失去等了一夜的阳光，这光与花的蜜汁正是它获得爱情的给养。

如果花儿知道

一

记忆中新疆草原上的春天，花儿都是从一片金黄色开始的，其余的蓝、紫、白等色彩的花儿很快被淹在“来势汹汹”的金色中，除非你走得很近，才能看到那些少数的异色花朵躲在深裂叶黄芩、锦鸡儿、蒲公英、扣菊的阴影之下。如果你还想策马飞奔一番，马蹄总会带着金色的花粉回来。五月中旬，巴尔鲁克山里的野杏林的花儿已经凋谢，而草原却是繁花似锦，远看动人心魂，近看惹人怜爱。席花而坐，背朝着依然皑皑白雪的山峰，让下午已经退去热度的阳光打在脸上，把自己放到很低很低，俯下身子去贴近花儿，你也许会找到最初的自己。

二

这匹枣红色的马叫昆仑，它被牵在一位叫布列汗的10岁小男孩手里，它有一双清澈明亮的大眼睛，宽阔的额头，脖子上披挂着枣色的马鬃，马鞍下留着两条绣满哈萨克族羊角图案的装饰布条，这让它在纷至沓来找游客拉活的马队里很炫目。小主人轻轻地敲了一下它的小腿骨，它就听话地亮起了马掌上磨得锃亮的马钉，乘人抓缰不紧，它会抓紧时间啃几口草，待人牵起它时，嘴角还挂着没有吃完的花朵。当满怀爱情的女子，一路从芍药谷走到巴尔鲁克山下的这片金色草原，她疲惫的脚步，需要这马儿将她带到爱人的身边：

轻轻地牵起这缰绳吧，

牵起这一世的承诺
我从花海一路走来
如果花儿知道
它们也会帮我带去芬芳的思念……

芍药谷与吐尔加辽草原的“人与自然”的主题摄影结束了，这是令人兴奋又疲惫的一天。入夜，住进塔斯提河谷中避暑山庄，望一轮弯月，头枕阵阵山风，嗅满楼花香入睡。第二日，我与友人早晨6点钟起床，准备再去芍药谷补拍几张日出的照片，无奈收拾齐备出门才发现，这山雨不请自至，淅淅沥沥地润湿了整个河谷，我们怀着无法言说的遗憾地离开了这个山花盛开的地方。雨点越来越大噼噼啪啪地打在车挡风玻璃上，车厢里一片沉默，河谷微明处，有几团模糊的白，那是野苹果花，有人说道，是的，那是苹果花。人间四月芳菲尽，这山中的苹果花还烂漫着送我们离去。车刚过十一连，东方就透出了鱼肚白，大束的光线开始从天际透出来，雨也小了许多。昨天带给我们创作激情的山花此时应该是绿肥红瘦，花重裕民城了吧。

花开花落两相知

这是我在巴尔鲁克山的注视下写下的第一行字，此时，从东山升起的阳光，已经铺满了山顶与向东的山坡。坡上的每一棵新疆野生芍药都如同点着的小火把，它们点燃了这个春天与观者的心，让人久久不愿离去。人的生命中的每一个春天总会刮过几场风或多或少的带走些什么，而这里的花儿并不因带走的或是没有带走的，损减过它们勃发的生命力。

每一朵儿都有自己的春夏秋冬，风霜雪雨。人又何尝不是呢，一朵花开的时间有多长？一个小时，还是几分钟？或者是一个漫长的夏季？每一朵花都有自己吐露芳华的时间表，不论是山野之间、水晶瓶中，还是有情人的手中。一朵花最后执在谁手，以什么样的方式“死”去，不由自己决定，风来了，可以带走几瓣;雨打了,凋零成泥;冬天的一场雪,就可以把所有的花都覆盖。如果一朵花的根还在,来年,她一定还会再度重现。

一朵花开的时期其实可以很长,没有什么可以阻挡生命的力量,这种无声的执著,绽放的力量,坚硬到无法与柔弱的花瓣相关联。

一朵花开的时间,如果刚好被你碰到,请放慢你的脚步,欣赏她的美丽,由衷地为她祝福,不是所有的花开的时间,你正好都在。如果不是遇到花开,人会去做什么?是不是心里的一种情愫,因为缺少某种象征而从此遗失。这一生中,没有主动寻找的,不经意错过的,是何其之多。花败了,可以重开,人走了呢,还会回来吗?

花开的时候,且珍惜她的芬芳吧。

一个地方,如果不能触动你的思考,不能让你停下来为它驻足,那这个地方与其他的地方并无二异。如果看到一个地方,如同瞥见一个人,便认定这是终身寻找到的,这将是何等的幸福?然而这样的人与地方,都是稀世的珍藏,非一般人得见,或无一番修为之人见之若不见,成为错过之后的遗叹。这样的叹息,已是不少,每个人心中多少总存着些吧。世间事,发生,便不容重新来过,拿捏中不知费多少思量,且自观吧!

“春风桃李一杯酒，江湖夜雨十年灯”，一番惆索之后，这山还是山，花还是花，只是人的心里又增加了些思量。就这样吧，让我从你妖娆的花瓣旁轻身地离开吧，你玫红色的花朵，守着山中一夜的记忆，我不忍打扰，只有青草在脚下“唰唰“作响。晨昏起落间，不论是热闹的绣线菊、淡紫的串球老鹳草、还有吐尔加辽草原密如星斗的不知名小黄花，它们完全地填满了我关于春天草原最初的想象。

这是一个花开花落两相知的季节，来过，就会手有余香，心有戚戚。

大河西去

河流对于干旱少雨的新疆大地是一种恩赐，尽管有无数的海百合、三叶虫及腕足动物的海洋生物化石可以证明，这里曾经是一片浩渺的大海。当阿尔泰山脉、昆仑山脉、天山山脉抬升出地面的时候，海洋消失了，沙漠、戈壁、绿洲开始出现，干旱、半干旱的地区成为这片土地上的主角。每年的大陆季风从这里不知疲倦地刮过，为人们带来了雨水、尘沙还有风雪。当西伯利亚地台与准噶尔盆地相互挤压时，阿尔泰山层层叠叠地隆起了，它起伏的山体，遍布着丰富的矿藏：黄金、宝石及其他的稀有金属。当人们沿着从可可托海的大东沟里流出来的额尔齐斯河探寻时，便可以找到这些令人惊羡的矿藏遗址。

额尔齐斯河是阿尔泰山系中最生动的一根线条，它一路汇集大大小小的支流，浩浩荡荡地滋养着两岸的人民与草原。从空中俯瞰它，它就像大地上的血管，先是细若游丝般的从山谷中延伸出来，最后在平原或是河谷打一个结，成就了大大小小的湖泊与湿地。

一条河的路

额尔齐斯河从大东沟里蜿蜒而出的时候，一路上不断地与无数的山石相遇，与白桦林邂逅，与欧洲山杨、云杉失之交臂。奔流不息的河水日日夜夜地撞击着河岸两边的花岗岩山体，岩石上的一个个臼状的石坑正是水击石穿力量的展现。再沿河上溯到季兰德温泉处，河岸边散落的大小温泉，富含的矿物质，让常年居住在山区里的哈萨克族牧民不仅洗濯身体，而且可以治疗风湿骨痛病。世代在这里繁衍生息的人们，把象征着美好愿望的布条挂在了附近的树枝上，他们敬畏与尊重着大自然，千百年来没有改变。这个源头有一个名字叫库依尔特斯河，它的诞生造就了钟灵毓秀的额尔齐斯河大峡谷与当下的可可托海国家地质公园。这条河没有遵循中国大多数河流自西向东的流向，而是以相反的方向一路向西、向西……汇入著名的河流鄂毕河，最后注入到了北冰洋。一年夏天，我曾住在阿勒泰市克兰河边上的一位朋友家里，夜夜枕着河水的流淌声入睡，直到日出的光铺满小城，睡眠竟然前所未有的香甜。克兰河也是额尔齐斯河的一条支流，但是它已经失去河源泼翠碎玉般的晶莹与剔透，开始泥沙俱下浑浊不堪。世间万物与人皆然，从最初诞生到成长中总要掺入着这样或是那样的“杂质”，也许正因为这样可可托海对于寻源之人有着不同的意义，因这不是谁都能站在一条骄傲的河流之源，看它的恣意、洒脱与纯粹的。在去福海的路上，我曾经路过一段额尔齐斯河异常平静的河段，宽阔的河面，平静如处子，岸边是茂盛的沙枣树与杨柳树。脱去鞋袜，一时兴起，踩着河岸松软的河泥，慢慢地涉水而行，可以清晰得看到水中四散而逃的银色小鱼，而被阳光晒得温热的河水正好可以包裹一个人迸发的童心。当额尔齐斯河从哈巴河县流淌出国门，人们站在大桥上目送它平静地离去，这条河一路奔来带给人们的远比能够描述的还要多。

想象水

可可苏里湖除了是额尔齐斯河源头之外，还是可可托海小镇关于水的另一种想象。过完千折百回的乌恰沟，遇见的吐尔洪平原上的可可苏里湖，是对来这里人们最好的迎接之景。走向可可苏里湖盘旋的山路上，人们已经开始惊呼这一片水域的静美。如果没有1931年8级“富蕴大地震”与额尔齐斯河丰富的水资源，也不可能直接形成可可苏里这一片美丽的湿地湖泽，它虽无水天一色的浩渺，但也能让一路风尘而来的人们顿生感怀。我曾经无数次的想象过可可苏里的夏天，它丰沛的湖水、迁徙而来的野鸭、吐绿的芦苇，甚至湖边广袤的田野，那些麦苗在阳光的照射下散发着生命最初的力量，在额尔齐斯河的注视下一直走向丰收之季。但是这都不够，想象的触角不论如何延伸，也触及不到它勃发的内核，我只能静静地站在湖边，看远山如黛，任山风穿过身体，不言不语。曾经停在湖边锈迹斑斑的铁船，不知被划向何处，踪影全无。波光潋滟处，两只在此处休憩的天鹅，扇动着洁白的翅膀，划破了水面的平静，激起一串串水花，留下让人遐想的涟漪。当可可苏里湖与额尔齐斯河成为近邻，也就注定了，它们不可掩饰的华光会这么一直照耀着旅行者的心灵。

岸边生命的迁徙路

额尔齐斯河岸边，就是转场的牧道。春季转场时四起的尘土已经从喧闹归于平静，那些转入夏牧场的畜群，等到秋叶染透时，又会再次地引动一次生命的迁徙。这种周而复始的轮回，伴随着阿勒泰草原的赛人、乌孙、克烈、乃蛮，直至今天的哈萨克族人都沿袭着这种古老的迁徙方式。在这种原始、自然的生存方式里，除了惯常保留下来的日常生活习俗，也看到了在现代文明的影响下传统向工业文明的妥协。放牧的牧群里，常可看到骑着摩托车呼啸而过的牧民，他们手里的手机，可以让转场过程中的信息，迅速而便捷地传到各家。每当转场的时节，河岸边就挤满了饮水的畜群，牧人守在河边扬起长鞭吆喝着不“听话”的牲畜们，一脸的尘灰。妇女们则负责看守搬运家什的驼队，无数畜群杂沓而来一路逶迤在河谷中，场面煞是壮观。可可托海也在这种年复一年的转场中变得丰富起来，生命沿着这样的道路被拉的悠长而动人。

河边的十四层盘山道

三号矿坑距离额尔齐斯河，不过几百米。我认真地数了数著名的三号矿坑被挖掘出来的环形圈，共14层盘山道，巨大的挖掘机在坑底形若甲虫。这里曾经如它的“邻居”一般都是高耸的小山，然而它丰富的矿脉、86种矿物质、“天然矿物陈列馆”、“世界地质学家的耶路撒冷”、“地质圣坑”注定了它不平凡的亮相。

可可托海小镇一度曾经住过来各自祖国各地的四万多人口，这在那个年代的新疆小镇中是不可想象的。这些人喝糊糊，啃馒头、吃胡萝卜或者白菜汤，成就着中国稀有金属开采的辉煌。如今，这些人大多已经退休离开小镇，留给我们的是镇中博物馆他们黑白照片青春身影。额尔齐斯河上已经废弃的俄式木桥，镇中遗留的尖顶拱形俄式建筑都是那段岁月的遗存，让新来者好奇，让经历者感怀。

站在矿坑的最高处不论是看坑，还是看小镇，都有物是人非的感觉。矿坑四周堆放的云母，在阳光下熠熠生辉，而对面山头上用白石子摆出的“大跃进万岁”让人不禁浮想联翩，那个特殊的年代已经沉入了梦底，而人们的生活还在继续。小商店玻璃柜台中加工简陋的各种宝石、小镇附近伤痕累累的山峦、小镇边沿低矮无序的土屋，只是不论是山还是人，都已回不到过去，山顶随风飘荡的流岚与云朵，不知道是否比当初有所增减，而一切已如流水逝去。

水旁的爱情故事

关于爱情，人们已经说得太多，但是坚如磐石的爱情却是人们始终追求的最高境界，在没有听到阿米尔萨拉峰的爱情之前，我坐在它巨大山体下的毡房里喝着喷香的奶茶，吃着刚出锅的金黄的包尔萨克，就着回味幽香的奶豆腐。阿依努尔的奶奶坐着毡房的门口打着盹，懒洋洋的小花猫倚在老人的臂弯里扯着小呼。从山东远道而来的景区管理人员白梅，尽管她已经改了一个阿依古丽·白梅的名字，但她用山东口音讲述的阿米尔萨拉峰的爱情故事还是暴露了她的来处。什么样的力量，能让一个人把异乡当作故乡，我想只有热爱的力量，才能改变这一切，而这一切都是因为可可托海，在她走过可可托海的山水间，我们的仓促来去更像是一位过客。

吃完饭，躺在绣着羊角图案的毡毯上，耳听着不远处额尔齐斯河水哗哗的流淌声，阿米尔萨拉峰的爱情故事再一次回到了心里：阿米尔与萨拉由于洪太吉从中作恶，最后以身殉情，以死亡的形式完成了《孔雀东南飞》中“蒲苇韧如丝，磐石无转移”的誓言。世界著名的心灵大师克里希那穆提曾经说过“爱不在时间的尽头，如果不在当下出现，就永远不会再出现了。”

在额尔齐斯河的源头，暂时放下尘世的纷扰，静静地聆听与等待，那些牵动肺腑的语言，那些美好的情感又回到的初源。

迷失在巴里坤深处

两次走进巴里坤这座城都是在秋日的下午，一路饱受风尘的身体需要找个落脚地休整，顺便再舒展一会儿蜷缩多时的筋骨。对一座城的期待往往都是从最初简单进入开始，到最后探寻的内容异常丰富。所以，这已经决定我可以像游鱼一样向小城巴里坤得更深处漫溯，在大月氏的王庭遗址前欷歔蒲类国的几度烽烟。

巴里坤，古时被称作蒲类国，是丝绸之路上的北部要冲。至今小城里还有商铺挂着蒲类字样的店招。那时万顷碧波的蒲类海一直漫延到现在兰州湾子的所在地，像是大月氏王国巨型的洗澡盆。现在，纵然是站在兰州湾子山坡的最高处，也只能看到遥远的泛着白碱花的湖水躲在清代的烽燧墩之后，让幻想去一亲“芳泽”的人们，自以为是地跑到湖前，却被满湖散发的恶臭阻挡住去路。湖边不断有骑着摩托车飞奔而去的人，车的后架上放着捞卤虫的工具，他们对于这种气味视而不见，这里不再是旧时那一片乐土，却给当下的他们提供着生活的保障。

从两个不同的方向都可以到达巴里坤：一条路是从哈密过来翻越东天山进入，路上松林成荫，溪流缓缓，东天山清冷的雪，在阳光照不到的地方泛着寒意，低矮的丘陵间被路人惊扰起成群的呱拉鸡，扑喇喇地飞过，惹的行人只能望“鸡”兴叹；另一条是从木垒方向翻过东天山进入，漫长的山路，周围不着一丝绿色的土荒山，一点点地加重着对于到达小城的期待，当巴里坤湖像是在天边划出的一道白线，出现在路者的视野里时，人的心才活泛起来。

对于路人来说，没有了方向，丢掉目标就会迷失，进而陷入困境。对于小城中人的来说，他们熟悉巴里坤，就与了解自己地里的庄稼一样，骨子里早已浸透了小城的味道，闭着眼睛也能摸回家。你若是在小城中停下来找一个人，很快会发现站在马车上挑草料的男人、卖酸奶的女人、开四轮拖拉机的农夫，他们说出的每一个有关这个人的片段，已经组成了这个人在小城中活动的路线图。只是这个人还不知道，他的生活曾在某个下午被一群人热烈地谈论过。

没有去过兰州湾子前，就听安心多次的提到东梁岩画群,一个屡次被提起的地方,一定存放着一个人的记忆。所以走进兰州湾子,就意味着记忆的门被打开了。找寻两年前讲解岩画历史的张老师，也成了此次去兰州湾子的要事之一，无奈张老师去喝喜酒了,三次登门而不遇。心中不免生出因为少了张老师渊博的讲解而带来的遗憾。阴霾的天空下,冷风呼呼的从草甸上刮过,牧羊人旁若无人地赶着羊群在衰草遍野的岩石中穿行。已经有些模糊不清的岩画中,依然还能辨别出北山羊及其他动物的图样,更有大幅岩画上,清晰地可以看出是狩猎的人们围堵一个大型的动物，有资料记载，那是曾经的巴里坤虎。几经风吹雨打,岩画印迹正在岁月的影像中淡去。安心静静地站在这些岩画前,她弯下腰用手指轻触着这些岩石久远的记忆，我听见她的叹息很远又很近。有关岩画的猜想与人的记忆在日升月落中已四散而去,消失在茫茫的时空中,不可逆追。空余一坡千年积落的尘土,覆盖着一茬又一茬荒芜的岁月。山那边吹来几朵灰沉的云,不一会儿就撒下了一片徐缓的雨点,山间瞬时泛起了阵阵白色的雾气,向天空不断地堆积弥漫着。东湾的石坡沿下,倪、邵两家的后人们,仍然继续着安静恬淡的日子。石墙内,一位老妇人,正在菜园中割着成熟的卷心菜,墙外立着的一块古朴的木牌上写着:这是电影《望乡》的拍摄地。见证两家情谊的石槽早已失去的往日的功能，却在村口提醒着往来的人们这是一段无法遗忘的历史。此时，不论是坡上的岩画，还是坡下的人家，更或者是离去人的心情都被笼在一川烟雨中了。

当站在大月氏王庭遗址前时，天色已暗，细雨霏霏，人久久的长立，不禁生出今夕何年的感慨。收音机里的天气预报说，北疆、东疆已开始大幅度降温，今夜的回程，必定是风雪天山路！

牧　歌

这是午后的阳光，它们每天下午，都会如期而至。除了那些阴雨或是狂风的日子。昼短夜长之后，阳光铺到三分之二桌子的地方时就开始移退，这一天正在结束中，又一个黑夜正在无声地扯走阳光的亮度。

天刚擦黑，走过红山附近的一幢大楼门口，看到两位少数民族模样的青年男子，互相握了一下手，身子向彼此微微倾了倾，然后突然放声歌唱，歌词听不懂，旁若无人的神情置众人于外，嘶哑的歌声划破了车水马龙的喧嚣。那一刻，我错以为自己不是站在花岗岩石的街边，而是站在一望无际的草原之上，他们的歌声悠长有力，如这微茫夜色中的奇异光芒，透过他们的声音我暂时地抵达了七月的草原，以及被草原收藏的心事中。

那是七月的喀尔坎特，紫苏花开得正好，春天出生的小马驹已褪去绒毛，四肢强健的跟在母亲的后面撒欢。牧人们遇到相熟的人就席地半躺，揪一根草，在手里甩动或不断地揪动那些叶片。两个人的马儿，就站在旁边，缰绳低垂，马蹄陷入深草，它们温顺而且极有耐心，不时会抬头帮主人看一下西坠的日头。人们见面就是有说不完的话，东家的姑娘西家小伙子，甚至还会聊到那些走了的人还有出生的人。这片草原的人与春长秋消的草一样，更迭过一层又一层，哪一片草场上都覆盖过从时光中纷纷扬扬落下的故事。

跑得飞快的骏马在这样的松散中没有意义，因为聊了一下午，两个人都需要一段长路才能将这些事情一一放进心里，马似乎已经习惯了人们相遇后增加的这些“重量”，它从容地晃悠着，四蹄平稳，“嘚嘚”着从一片开着白花的土豆地里穿过去，土豆地里的小路，不知是何月开始就有的，每一匹马走过都扬起灰黑的粉尘，来来回回地驮着各种心事，从草原回到毡房。泥土里的土豆，在人们的心事中，在马蹄“嘚嘚”声中一天天白胖起来。

山那边，阴阴地浮着几块重重的灰云，一场山雨就要到来，没有被灰云遮蔽的地方，金色的油菜花田在明亮的光线里荡漾，红色屋顶的村舍俨然其间，“世味年来薄似纱，谁令骑马客京华。”当年京城的繁华引陆才子一路打马北上，一脚踏进荣华之间，体味京城的况味与悲凉，而我此番打马而来，只为看这土厚水深的小城另一重繁花。它们明艳纯净，若星子散落在徐来的晚风中。

傍晚的草原归于平静，山雨刷过土地后，留下一股雨气便退到山峦之后。友人打电话来说，他在蒙古包里正喝着今年的第一场奶酒，已饮十碗有余，隐约有歌声从电话那边传来和着他的笑声轻轻浅浅……他的话语，让我恍惚于空间远远近近的隔离，草原、美酒、繁花、牧歌、浮生似乎在那天都落了地。

问“你若不来，我怎敢老去”。

天上的麦子

我看到这一片麦田时候，是被一条路带过来的。这条路从山脚下一直延伸到云朵的下面，云朵的下面就是这一片麦田。

走向麦田的路是从一条简易的柏油路开始的。沿着低矮的泥墙，残破的旧屋、零星跳跃出围栏的绿色植物组成的乡村路，曲折迂回地向前驶去，几个转弯后便可以远远地看到山顶上那一片片的麦田。金黄色不规整的土地，左左右右的将这里的秋天包围起来。

麦田的尽头是一棵树，当地人称它为“神树”。独此一株，临风而立。在路上，我遇到好几对夫妻，他们无一例外的是女人包着头巾，男人的眉眼在尘土中一团模糊。男人开着发出巨大“突突“声的手扶拖拉机，女人坐在车斗里的麻袋包上东摇西晃面无表情。这条溏土路上厚厚的积尘，无孔不入地覆在路人的身上，覆在岁月的起落中。我与他们相视，他们的眼皮仿佛被尘土压得太久，懒懒地抬下眼，掠过我局促的躲闪，便继续“突突”地混在一片漫天的灰土中远去。

正疑惑这条溏土路何时才是尽头，一户人家便出现在拐弯处的平地上，颇为讲究的黄色木门飞檐斗拱，门口紫色的绣线菊在透亮的阳光下开得挤挤挨挨，蜂虫嗡嗡。一尊龙形的木雕从花丛中探出，没有常见的威武之势，却多了几份乡俗的喜庆。问及门内的老妇人，居此地多少年了？答：“一百多年了。”院棚下挂着些日常的家什，褪色的柳条框、锃亮的老镰刀、一口破锅里面放着些菜叶，一副驴鞍缰绳低垂，一头驴在大门的影子里静穆。

一只带着蓝花的小白瓷酒杯，放在老窗的边上。只是不知是一个什么样的夜晚或是一个适合酒醉的白天，举起这杯酒的主人以一种什么样的心情，将它留在了这里。它是这个村子里的一个隐秘的故事。我离开的时候，也没有人告诉我。空荡荡地被翻过的泥土，干燥而又温暖，只需要一把犁铧，似乎就可以将整个村子的秘密埋入地下。等到第二年春天混在一片杂草中又重新生长出来。

村庄在春天像麦子般又长了一回。

我试图在这个村子里寻找些什么，却发现这个村子被麦子已经围住了，无数的麦茬像无数的喉咙齐齐地向天空喊叫着。这千百年来，它们就这么轮回着。

路还在一直向上，挂着红色浆果的野蔷薇丛，从土崖边探出来，从繁茂走向凋落。

我曾经想象过与麦子的对话，从这个夏天开始，我就幻想着一场麦收前对话，我已经准备好了无数的词语，有赞美的、有欣赏的，甚至我还愿意给麦子唱歌，用我不怎么美妙的嗓音。但麦子没有等我，我来的时候，只有空荡荡的原野，还有麦田上翻滚的风。风一场场地穿过我的身体，从骨缝里带走我想好的词语。

我不能明辨眼前的麦子是否真的不在，还是躲在哪个地方让我去寻找。我久久地坐在那棵“神树”下面，祈求神灵的出现。神不语，也没有预示。我甚至怀疑是麦田开了一个玩笑，它太大了，如果它想跟我开玩笑，我一定找不到那些消失的麦子。

我用整整一个下午，等待麦子回归，村里寻羊的人爬上山看到我静坐的模样说：“树下风大，吹多了会生病。”入夜，果然咳嗽声大作。

梦里天上的麦子整整齐齐地都回来了。

河流的碎光

2012年1月24日中午，大年初一，残雪上还留着鞭炮的红色碎屑，我穿过被白雪覆盖的村庄，去寻找一条远去的河流。

这条河存在很久了，以至于没有多少人问它的来路。我再长大一些，才知道这片平原叫伊犁河谷地，那10多千米以外的河，叫伊犁河。

我在距离伊犁河的一条支流——吉尔格郎河不远处的一个地窝子里出生，当时还背着地主成分的父亲惶恐又充满惊喜地迎接着我的到来，父亲之前曾失去一个不足月的儿子，我的到来就显得特别珍贵。一年之后，沿着吉尔格郎河边蜿蜒的路，一个女人深一脚浅一脚趟在没膝的深雪里，背上是一个包裹严实的花被子，被子里一个孩子的哭声不时嘶哑地传出来。寂静的雪路前后无人,甚至连一个车辙印也没有,周围的山谷偶尔会传出乌鸦凄厉的叫声。女人走得满头是汗,从天刚蒙蒙亮走到中午才走到一个叫乌鸦岭的地方,离县城还有一多半的路,女人想想背上的孩子,咬咬牙又继续往前走。孩子已经发烧三天了,乡里的大夫用尽所有的药,也退不了烧,只有一个方法,去县医院打青霉素退烧。被大雪封路的莫乎尔乡,没有一辆车进出。女人决定自己背着孩子一步步走向县城……没有人知道天寒地冻中,五六十千米的山路对一个女人来说意味着什么,第二天天快亮的时候,女人背着孩子走进县医院,医生得知这个女人走了一天一夜的路,他们都惊呆了……打完青霉素,孩子很快就退烧了,女人又重新一步步走了回去。

那个孩子是1974冬天出生的我,女人是我的母亲。

时隔32年后,我重新冉走上那条路,那条河在汇入伊犁河的隘口上正在修着一个巨大的水电站,夏日的阳光、蓝天、白云、河水都闪着光,青草匍匐在山的阴影里,一切都像一幅画,让人忍不住赞叹。但,我想,32年前冬天的那个女人,一定没有我此刻诗意的心情与造作的思绪,她只是一步一步地在雪中拼命地往前走,每走一步,她的孩子就能有更大的希望活下来。

我的母亲用爱带着我完成她一生中最长的一次徒步。

一次,高中勤工俭学修完田埂之后,有同学提议去看河,我便跟在几个同学后面,怀着一种莫名的期待向河流的方向,不断地骑行。不知道骑了多久,这中间曾穿过小小的村庄,简陋的小桥,一片湿地,刚到河边,雨便落下,低矮的灌木,小叶白蜡的叶片都闪着水光,一只只肥胖的蜗牛笨拙地探出头缓缓地移动。我们躲在一片树下,雨很快就停了,我们几个站在河边,不言不语。这河太宽大了,对面的山道上飞驰的汽车就像一只只甲虫。这河……有人用这样的句式开了头,只是下面的词,大家都无法接,骑了一下午车,看到河,连语言都终结了,这是为什么?

从河边绕过一片湿地准备折回,遇到一个哈萨克族牧人,他东倒西歪地骑在马上,咿咿呀呀地想跟我们说什么,我们茫然地看着他。他极度郁闷地甚至有些愤怒地挥了挥手,赶着我们走,好像他是这条河的守护者,我们未邀前来,藐视了他的权利,还好,他喝醉了,不然呢,结果如何,没有人知道。我们闷闷地谁也不说话,一路骑车回去,整个屁股都被那段泥土路颠疼了,从此再没有去看那条河。

村里的白杨露着光秃秃的枝杈,鸟雀在其间跳动,光,碎碎地泼洒在上面,树下的泥墙露着一段段残缺的黄,让人才明了这墙内有人家。那人家户门紧闭,麦草就在棚圈的旁边或顶上,没有狗吠,也没有见到牲畜。这家人就在去看河流的必经之路上，所以无法忽略。

这条河存在的时间太久了，年代不考。或许大多数人都会想，它在就是了。它在的时候，可以捕一种稀缺的鱼，还可以用水灌溉农田，甚至有时，可以成为某个生命的终点，这是一个悲剧，但最早能让我记住这条河的，真是一个悲剧。一个姑娘爱上一个小伙子，家里不同意，一气之下奔河而去，家里未来得及拦，那姑娘便跳进去，只听到喊一声，救救我，但一切都来不及，几日之后，寻到她，已面目全非。河有什么错呢？了结自己的勇气在最后一刻软下来，河流只是河流，她接纳一切投向她的人与物，顺流而下……

当我思念一条河的时候，便去看河了，这次河刚进入冰汛，一块块冰凌在河面急速地冲向下游，在河湾的缓处，一群麻花色的野鸭在水面上下翻飞，下午有些昏黄的日头，在远处笼着，沿河而行，便可见到一棵树，独独守在河边，树枝在雪的映衬下、光的交织里虽模糊却撩动着心绪。

一些句子“花朵跟随着花朵，羊群跟随着羊群，我追逐着河流的方向，向一棵树致敬。”便不管不顾地挤到了脑海里。在世间的苍茫里，某一刻一些词应该是写给某个人、某种相遇、某种沿着河流淌的思念，

此刻，我如同眼前的这棵树般享受着伊犁河的孤独与宁静。

萨尔乔克往事

路过萨尔乔克时，天空阴沉着，马上就要落下雨来，大风从平旷的荒野中呼呼地刮过，卷动着一团团的枯草像皮球般从公路一边滚到另一边。我们坐在格非开的“大派”上，结伴同去木垒县，地图上标有一条近路，通向我们要去木垒县，这条路就是萨尔乔克。萨尔乔克是一个牧业小镇，道路因为没有及时养护颠簸不平，人坐在车里像波浪一样上下起伏着。萨尔乔克唯一鲜亮的建筑物是镇上新修的加油站，衬得周围低矮的村落越发灰头土脸。也许是天气的原因，路上人迹稀少，眼见已经开到了柏油路的尽头，还没有看到明显指向木垒县的路标。我们在一座20世纪六七十年代式样的纪念碑前面停下车，赭黄色的墙体上依稀可见“毛主席万岁”的字样，墙角有几个面目不清的人围着一堆篝火,在暗下来的天色中有些鬼蜮。我们正在犹豫,是否继续往前走时,看到路边停靠着一辆货车,“请问沿着这条路,可以到木垒县城吗?”我们满怀期待地向司机打听道。“啊呀,今天可不行,你看山里面已经下雨了,路可能已经被冲毁了,你们走这条路很危险,快回到原路上去吧!”司机指指山的方向好心劝告我们说。山那边果然是阴云密布,低低地挨着山往下沉。车又重新开回到原来的路上,为了不再走错路,我们紧跟着前面的大货车,开进了荒野土路。很快,我们就为这种选择付出了“代价”,货车底盘高,在坑坑洼洼的路上,还可以行进。格非的“大派”是家用轿车,底盘不时与纵横交错的土棱石头碰撞,发出让人惊心的声音。无奈,车速只好渐渐的慢下来,车窗外夜色已经越来越浓,而前方只能看到车的尾灯闪来闪去,什么时候才能走出这条路,我们心里没有了底。下车走吧,这样可以减轻车的负重,大家提议到,等格非开出这条噩梦般的土路,找到上高速路出口再转回头来接我们。我们迅速地从温暖的车里钻出来,站在了四野茫茫的戈壁滩上。

萨尔乔克四周一片死寂,山驮着夜的剪影悄然不动,只有风一遍遍来回地奔跑,戈壁滩上的野草在半明半暗的夜色中东摇西晃,曲曲折折的土路,在夜色中隐约地透着些白。四顾无援,前路不明,很快让我们陷入了恐惧中。跑吧,这样走太慢了,不知道格非的车开到哪里了,大家心里不安地想。不知是谁先迈出了第一步,我们开始发足狂奔起来,不知什么时候,空气中开始飘起细密的雨点与深秋的风混在一起,像细碎的沙砂一样打在脸上,直至耳朵木木然地失去了知觉。随着冷风一股股灌进衣服里,身体也在这样的天气里,很快失去了最初的温度。脚不时被路上的小土坑拐住,呼吸越来越沉重,双腿如同被注了铅,我捂住起伏不定涨得生疼的胸口,大声在夜色中喘息着。有多久,没有这样竭尽全力地奔跑了,城市纵横的道路适合悠闲地散步与开着车游荡,重复的生活路线也正在一点点地消磨掉心灵对于奔跑的渴望。今夜的萨尔乔克,属于自由地奔跑者,在这里不需要任何标识的指引,只要一个方向就足够了。

等大家跑到公路上时,看到格非的车,停在路边打着应急灯,后备箱里的行李被卸在路边,凌乱地堆放着。车胎爆了,格非正手忙脚乱,两手是土呼哧呼哧地卸着轮胎。半个小时后,换好轮胎,我们再次上路时,天已经完全黑透了。

车接近莫钦乌拉尔山时,山里已经开始下雪了,道路被一团团的迷雾笼罩着,雾时浓时淡,路也时而清晰时而模糊,能见度极低,只能看到前方四五米的路。大家的心里不由阵阵地发紧,如果雪一直这样下,就意味着去木垒县的路会越来越难走。山路上因为东疆普遍降温,已鲜见来往的车辆,那些立在路边的红白相间的路标,在车灯的照射下,像是黑夜中指示我们前行的路灯。转过山路中最危险的几个弯道后,开始进入木垒县的境内。经过三个泉子,一碗泉后,我们在夜里12点钟到达了木垒县,小城早已被泡在一片湿漉漉的水汽中。噩梦般的萨尔乔克土路,风雪中的莫钦乌拉尔山,都被抛在了时间的后面,前所未有的平静瞬间降临,萨尔乔克以往事的形式充斥了我们的记忆!

拉克羊与愚人农庄

“愚人农庄”在去托克斯萨拉的路上，一块鲜艳的喷绘广告牌从路边杂乱的石堆与茅草中跳出来指引着去农庄的路。一段五六分钟颠簸的尘土飞扬的路程结束后，农庄就在眼前了。庄主，原本学农，姓粟名若愚，是我的高中同学。大学毕业后一门心思想务农，不顾家人反对向银行贷了十几万元款，在伊犁河边上承包了一百多亩荒滩做起了农庄主。当梦想成为现实时，粟庄主有些力不从心了，每年的种子费、机耕费、水费、化肥钱等等消耗了他太多对于土地的热情。粟庄主多次在喝完一瓶“英雄本色”后，坐在穿过农庄的小河沿上，望着比庄稼还高的草发呆。野草们得意地攻城略地，全然不顾他的心情好坏，只一味地疯长。幸好这两年“农家乐”旅游渐热，粟庄主顺应风潮在大田地里支起几个蒙古包，在小河上架一座歪歪斜斜的木桥，因地制宜地制造出一派田园风光来。

经过两年多的农夫生活，粟庄主已经像一位地道的农民了。一只羊头经过他几分钟的火烧刀刮，拾掇的干干净净。原本执笔写字的手指上皲裂着大大小小的口子，夏天他穿着一双大拖鞋，站在院中大声地咒骂着跳过墙头溜进屋子里偷食吃的鸡。他学会了操着半生不熟的哈萨克语在收购拉克羊时跟牧民们讨价还价。他还从村里请了几位哈萨克姑娘在“农家乐”里做服务员。虽然姑娘们常因为家里的农活不能按时上班，但他还要赔着笑脸去给人家说好话。秋收和转场是农民与牧民的一切，是天大的事，这个节骨眼上，他心里比谁都清楚。眼看着天南地北的客人是渐渐多了起来，却找不够服务员，粟庄主心里着急上火，常是一个人在几个蒙古包之间跑来跑去，必要时还要监督一会儿新请的哈萨克族厨师的烹调水平。缺这少那时，他就开着那辆咣当作响的破车像风一样从村里飞驰而过，村里人抬头看一眼空中急速扬起的尘土，就知道是他进城了还是要回村了。这两年，城市的高速发展引发了人们回归田园的情结，粟庄主发现把拉克羊做成各种菜肴可以成为“农家乐”饮食的亮点。羊还没有下山，就早早联系好收羊的人家，只待这麦子一收完，就把买卖做起来。

每年九月底十月初，漫山遍野的羊儿们挟裹着尘土从山里四面八方地拥到山下。成群结队地从收割过的庄稼地头、从湖边、从树林边走过。一只只摇晃着被喂养一个夏天肥硕的身体走回各家的圈里，羊们不知自己的头顶上早已悬着一把明晃晃的刀子。这个月份下山的山羊们被人们称作拉克羊。

拉克羊在山上吃草时爬高下低，能吃到绵羊不易到达的地方各种中药草，等到下山时早被垂涎已久的人们急不可待的要将它们纳入口中。“愚人农庄”亦不能免俗，早早圈了一围栏的羊等着食客们的光临。每来一位客人，屠夫就会冲进羊圈里拖出一只他们相中的羊，拉克羊仿佛知道自己生命大限已到，死命往后退，两只尖尖的羊角不停的四处摆动，枉图挣脱人们捕捉它的手，四只平日里灵巧的蹄子刨着地面划出几道深深的细槽，其他的羊儿们见状纷纷地后退挤到圈的一角，惊恐地注视着这场不对等的角力。直到圈门被砰地一声关上，羊们才小心翼翼地四散开来。一天中拉克羊们这样被拖进拖出的场面不停地重复，直到一只只变成屋后垃圾堆上还带有热度的白骨。

宰拉克羊的场面很难令人不动容，屠夫提着早已磨好锋利的刀子，将羊放翻在面朝伊斯兰教圣地的方向，自己也虔诚地向着圣地念念有词。一直无声抗争的拉克羊开始狂叫了，它突然爆发的声音细而尖像一尾带着哨音的响箭。凄厉的叫声穿透田野，从光秃秃的葵花杆上掠过，惊起河边正在喝水的乌鸦，黑乎乎的乌鸦在空中打了几个转，在拉克羊头顶的木柱上落下，等待宰羊结束后捡拾能果腹的东西。只有鸽子群跟往常一样在农庄的上空起起落落地翻飞。

拉克羊烹调很简单。院中支一口大锅，把宰好的羊剁成块，粟庄主添入专门从伊犁河旁边的泉眼里打来的甜水。灶底加一把大火，烧开后打去锅里的血沫子，再用小火慢慢地炖。等炖到骨肉分离时加盐，最后捞入铺有洋葱丝的大托盘，汤是汤、肉是肉地端到桌上给食客们享用。拉克羊肉入口鲜嫩，全无腥膻之气。汤清亮不腻口，喝时有一股淡淡的中草药味。正是这种味道引得食客们趋之若鹜。粟庄主凭借下山的拉克羊在秋天到来时狠赚食客们一把，熬过北疆漫长的冬季，继续守望着“愚人农庄”来年的梦想

傍晚，夕阳在的秋风里一点点的萎缩下沉，多活了一天的拉克羊们被粟庄主赶到地里吃草，拉克羊们在野草地里时隐时现，仿佛飘忽不定的流云。粟庄主得空点着一支烟，看到不远处刚才吆三喝四的食客，这会儿涨红了脸扒在桥栏上大声地呕吐。“愚人农庄”的秋天跟拉克羊的秋天同时到达了，秋风卷起雪浪般的芦苇丛向更深更远的北方进入。

来自庭州的传家味

是什么让你对一个地方久久不能忘怀？除了那里的自然美景、民俗风情，必不可少的，就是当地的小吃。走进新疆昌吉市，穿过隐藏在楼宇之后的大街小巷，钻进一家不起眼的小店，要一份地道的凉皮子，吃得连汤汁都不愿剩下；拿起一个糖火烧，轻轻地咬一口，让酥脆的皮在舌尖次第花开，甜软糯香的感觉就一层层展开在晌午的时光里。还有那丈盘里的“九碗三行子”、金黄的油糕、喷香的烧卖、细嫩的羊羔肉……这些民间小吃都来自庭州故地，来自老一辈人，来自那些说也说不清楚的久远年代。吃过这样的味道，心里从此对这个地方就多了份念想，多了份可以记忆的理由……

千年传一味

中国从古至今,逐步形成了以粤、川、湘、鲁、苏为主的繁华精细菜系,但这些珍馐美味到了宁夏、河西走廊、甘肃一带,如"春风不度玉门关"般戛然而止了。从而演绎出一股以牛、羊肉为主要食材,以咸、鲜、辣味为主,汁浓味厚、肥而不腻,嫩而不膻的"西域清真食风"。

最早形成于唐代的回族,也在丝绸之路北道最重要的连接点——昌吉,形成了富有民族特色的饮食文化。13世纪,成吉思汗西征,伴随着蒙古铁骑的攻城略地,西域各国的人们在进行文化与经济交融的同时,清真饮食业也得到了充分发展。

"元时回回遍天下略"《明史·西域传》中的这句话,道出了当时回族在全国的分布情况。清代,全国回族群众已达二百余万人,在北京、天津等中心城市形成了一定规模的清真酒楼。自清朝以后,许多内地的回族来到了新疆,为了生存,许多回族人利用有限的自然资源,选择进入了成本较低的饮食行业。开始在新疆大地上繁衍生息。

新疆地属温带大陆性季风气候,星星点点的绿洲,成为小麦、水稻等农作物的优良产地,也为面食类的小吃提供了最基础的食材。广袤的草原,风吹草低之处的牛羊又为人们提供了肉食的保障。当食物的最基本构架完成之后,由此花样翻新出来的饮食,便是人们智慧的发挥了。

新疆少数民族饮食没有其他省市餐饮从地面到空中几乎无所不用的食材。回族人严谨地按照生活习俗,从有限的食材:面粉、牛、羊肉等中不断地演绎出极具特色的风味小吃,烫面饼子、油香、葱油香、烧卖、拉条子、汤揪片、牛肉面、凉皮子、火烧、羊羔肉、九碗三行子等达六七十种之多。

在人类的发展史中,可能没有哪一种文化像饮食文化这样的丰富多彩,被人类不断演化与传承。新疆远离中原地带,交通信息的不便,让昌吉地区的回族饮食几乎完全地继承了传统风味,保留了这些小吃从初始到发展的全部过程。至今,这些小吃的制作者们,仍然活跃在民间,像他们的祖辈们一样,日出而作,日落而息,承载着一代代人的记忆,把老味道传下去。

食物的表达

食物是应该最忠于制作者的心情与技术的。一个富有经验的食者能从一份食物中判断出烹调者的心情与技术。一位出色的厨师,难是不仅将食材的特点发挥得恰到好处,又能始终如一地保持住最好的品质,让不论是寻找记忆的食者或是挑剔食者,都沉默不语,埋头只顾体味食物的表达。

食物的语言,最初应该是简单的,被人们用以果腹,增加生存下去的能量。随着时间的流逝,食物被附加了人们的情感、思想、甚至故事传说,变成了某种象征与富有,承载着人们期望圆满、渴望美好的情怀。

九碗三行子,是回族人最典型的菜品,念这几个字的时候,“行”(hang)字一定要念成去声,才能叫出这道菜的语感。我第一次吃这道菜,是参加一位回族朋友的婚礼,长者祝福完新人后,就开席了。我还没有从肃穆的婚礼仪式中回过神来,就见一个摆着九碗菜的方正木盘子,已经放在了桌面上,身边的回族朋友悄声地提醒我说:“这就是九碗三行子,是回族人正宗席面上必备的菜肴。”

只见盘中八个大小一致的碗围着中间一个大碗,摆成规则的正方形,食者不论从哪个角度看,菜肴都是纵横成三行,想来这就是“九碗三行子”得名的缘由了。

听昌吉市的回族朋友介绍,吃正宗的九碗三行子,要去昌吉市小吃一条街,那有位大师傅姓齐,据说在他没有开餐厅之前,常被人请去在红白事上做这道菜,久而久之,便有了名气,最后索性开了家餐厅。

坐在整洁明亮的餐厅里,慢慢地品一盖碗放有红枣、枸杞、玫瑰花、冰糖、桂圆、茶叶的“三泡台”(回族人招待客人的上好饮品),就进入九碗三行子的历史。

齐师傅说，过去的九碗三行子，虽说也是九碗菜，但实际上只有5种菜品：丸子两份、焖子两份、黄焖肉两份、夹沙肉两份，最后是中间摆放的一份水菜（汤）。

这些菜品中的焖子，又是其中最具代表性的菜肴：用上好的牛后腿肉，搅成肉馅，加入花椒、姜、盐、胡椒粉调味，然后盛在一个方形的食盘中，把蛋清与蛋白各抹一层在肉馅上，蒸50分钟左右，放凉切成片。

上席时，浇上用西红柿丁、醋、红绿辣椒丁、芡粉勾成的汁就能食用了。当下，随着生活水平的提高，食材种类的增加，齐师傅在保留传统菜品的基础上又进行了改革，过去的两份菜，现在只保留一份，增加了蒸南瓜、烧椒麻鸡，酸辣鱼，烧羊排，更适合现代人饮食营养搭配的需要。

九碗三行子并非只是一道简单的菜肴，朋友说，如果去掉中间的水菜，细看就是一个回族的“回”字。九在回族人的心目中，是最大最吉利的数字，过去中国被人们称为九州，当平整的丈盘里盛着九碗三行子端上来时，其实已涵盖了人们最朴素的祈愿——天下太平。

据说，当年的民族英雄林则徐被发配新疆时，一路风尘仆仆，历经艰难过星星峡、哈密、木垒、奇台、吉木萨尔，行至昌吉，当地的回族人得知此事，特地精心准备了九碗三行子，招待这位他们心目中的英雄。

不知那天，吃过这道菜的林则徐怀着怎样的心情，又继续西行踏上了前去伊犁的道路，但是从那一天开始，这道菜便与林则徐联系在一起，被人们口口相传。

其实当故事结束时，探究其中的真伪、年代、地点已没有了意义，我们有理由相信，百姓心之所向在那一刻应该温暖与照亮了英雄的前路。

当回族的早期先民远离故土，背井离乡，来到新疆这片陌生的土地上，他们对未来的美好憧憬、对民族传统的遵循从来没有中断过，九碗三行子因此被注入了令人动容的情感，表达了食物之外的另一种深意。

凉皮的秘密

在没有到昌吉市小吃一条街的时候，我不知道有一家好吃的凉皮店；在没有进这家凉皮店的时候，我不知道有一个叫犁铧尖的地方（食物总是跟它特有的地名连在一起）。“我做凉皮的手艺，是从我母亲那里学来的，母亲以前推着小车在奇台县的犁铧尖卖凉皮，在当地很有名气。8年前，我们来到了昌吉市继续把母亲的手艺传承下去。”凉皮店的女老板徐徐道来这个店的来处。

凉皮子这种小吃在新疆可谓是“门派”林立：陕西的擀面皮、汉中的大米皮、石河子凉皮、米泉羊毛工凉皮等等。每一种凉皮,都有自己的拥趸。昌吉市小吃一条街的这家凉皮店能在诸多“门派”中崭露头角,与它筋滑的口感及祖传的调味汁是分不开的。奇台平原上生长的优质小麦,不仅成就了奇台拌面的美名,也成就了凉皮子的筋道口感。把面粉用盐和水和成软硬适宜的面团,然后加入水一遍遍地淘洗,直到面糊分离,再倒入大盘中,放入开水锅中加盖,旺火蒸3~4分钟后,取出就可以了。把切成条的面皮码放在盘中,浇上蒜蓉水、特别熬制的醋水、油泼辣子、芥末水,最后撒上碧绿的烫熟的菠菜,便可以速速地下肚了。

看完老板令人眼花缭乱地调完汁后,忍不住问:“这么简单的调料,如何做出这么美味的凉皮?”答曰:“用心做。每一个工序都不能偷懒,当然调料里面还有母亲多年来的心得与总结,这是个秘密。”这应该是一个女人的秘密。在她每天推着小车认认真真地做凉皮,从那个叫犁铧尖的地方把这种味道带到了昌吉,让每一个吃过她手艺的人,从此心里也有了一个关于凉皮的秘密。

开花的面团

火烧是回族人食物中的点心,分肉馅与糖馅两种。看马彦萍做火烧是一种视觉上的享受,她头也不抬地把条形的面剂子(面粉加入植物油、黄油和成),在手里捏成饼状,包入由牛肉、葱或是糖为主料调成的馅料，最后变魔术般的拧几下，团成圆形的面团。15分钟后，这些不起眼的面团经过烤制，就色泽金黄，皮酥馅软地出炉了。趁着火烧的热乎劲儿，轻轻咬一口下去，那一层层的酥皮像清风翻书般地打开，馅料的香气一下就释放了出来。

火烧店的隔壁是马彦萍哥哥马彦兵开的油糕店。油糕这种点心，最早起源于陕西与河北省一带，后传入新疆。

油糕的面皮很讲究，先是把面粉用开水烫熟放凉，加入一定比例清油与食用碱，然后不停地揉，直到面摸起来像绸布一样光滑，才可以包馅料。馅料一般由黑芝麻、白糖、混合炒熟的面粉拌成的。扁平的饼状油糕下入油锅2分钟后，就像绽放的花朵浮在锅里，煞是动人，而炸油糕的香味，也顺着小街飘散出去。在午后的阳光里，炸好的油糕上薄如蝉翼的酥皮让人不忍动手，仿佛一动手，那些曾经跟在小吃车后面的童年时光；那些只用1毛钱就能换来的满足；那些从舌尖延伸到心里的甜蜜，就不再回来了。

中国烹饪界的大师聂凤乔老先生说：一切烹饪来源于民间，也正是民间饮食的乡气于俗约，产生了烹饪的一切。昌吉的小吃也是如此，它们都是来自民间的传家之味，也许难登大雅之堂，却以其足够的民间、充满地域的特色广为流传。